# 月の光 滑らかに降りて

森島 令
Morishima rei

郁朋社

月の光滑《なめ》らかに降りて／目次

装画・本文イラスト／森島　令
装丁／宮田麻希

# 月の光滑《なめ》らかに降りて

# （一）

この日も黒川嘉一《かいち》は、学校を終えると足早に家に向かった。

夏の暑い日だった。

家に早く帰ろうとするのは、母が戻るまでの時間、なにかしら母に替《か》わって家の仕事があると思うからで、それがもう小さい頃からの習慣になっている。

日はちょうど真上にあって、これからゆっくり西の空に向きを変え下りようとしている。

幾つかの通りを抜け、似たような古びた木造平屋が建ち並ぶ区域を進んでいく。

嘉一の父親は、彼が小学校一年の時に亡くなっていた。もう五年も昔のことである。今は母と二歳下の弟と五歳下の妹との四人の母子家庭である。

漁師だった父の死後、母親は朝市で働くようになった。早朝、まだ夜も明けきらぬ中、母は幼い妹の照子《てるこ》を背負い、仕事に出ていくのである。嘉一は、残った弟の哲《てつ》と朝食を済ませ、哲を近所の家に預かってもらい、それから学校に行ったものだ。

今はもう二人とも小学生になっていて、あの頃の大変さはなくなっていた。それに近頃では、母親も昼から新しく水産加工場のパートの仕事を見つけ、生活もその頃に比べると、いま少し楽になっているのである。

次第に狭くなっていく路地の突き当たりに嘉一の家はあった。古いこぢんまりとした木造の一軒家である。

正面に引き違いの戸があり、間口のほとんどを占めている。奥に細長い家だった。せかせかした足取りで近くまでやって来た彼は、ここで『あれ?』とばかり足を緩《ゆる》める。南を向いた家の玄関先に、なぜか母親の下駄《げた》がこちら向きに揃《そろ》えて置いてあった。それで母親が戻っていることはわかったが、ただ、どうしてあんな所に下駄があるのかさっぱりわからない。

戸口に手をかける。もともと立て付けが悪い上に、今は何かに引っ掛かりでもしたように、途中で突っ掛かりそれ以上は開かない。それでも全力で開けようとすると、やっと二十センチも開いたところでまたしても突っかかった。「何で?」

すると、そこから突然、大量の白いイカが次から次とあふれ出てきた。びっくりして立ち止まる。

「誰だい？　嘉一かい？　帰ってきたのかい？」

中から母親のキエの声がした。

「どうしたのさ、これ？」嘉一は思わず声を上げる。

「イカを割《さ》いているのさ。加工場の仕事をここに持ってきてもらったんだよ。お前にも手伝ってもらおうと思ってさ。鞄《かばん》を置いたら、ここに来て手伝っておくれ」

「でも、これじゃあ、中に入れない」

足元に次々と流れ出てくるイカを見下ろしながら、嘉一は言った。

港は今、イカが豊漁だ。どこの加工場でも人手が足りないほどの忙しさなのだ。

「足でさあ、かき分けながら入ってこい」

言われるまま、積もったイカの中に、足を差し入れ、引き抜きして、慎重に進んでいく。

イカはひんやりと冷たく、ヌルヌルと足にまとわりついて気持ちが悪い。

キエは嘉一に背を向ける格好《かっこう》で流しに立っていた。

イカの大群はそこからいったん板の間に下り、土間を伝って、七十センチほどの幅に、白い帯状になって戸口まで流れ出ている。何百杯という数えきれないほどの数だ。

「すごい数だよ。これ全部、二人でやるの？」

「そうだ」彼女は、顔を顰《しか》め、鼻の脇や額を擦《こす》りながら言う。

「飛んだ汁があちこちくっついてむずむずするんだよ」

「ほら、そこに前掛けがあるだろ。それをつけてここに来い」

「ずっと上からつけてな。後で洗濯が大変になるから」

彼女は、嘉一に見ているようにと言って傍らに立たせると、小刀を動かしイカを割いて見せた。

「こうやるんだよ、ここをこうして……、内臓は潰《つぶ》さないように、こうやって、こう！」

内臓を剥《は》がし、足の付いたままの身を青い大きなプラスチックの籠《かご》に放り込んだ。

「見ているから、やってみろ」言って、しばらく嘉一の手元を眺めていたが、これならまあ大丈夫と思ったのか、

「ちょっと母さん、加工場に用があるから」と出かける格好になった。

一度、戸口で立ち止まると、

「よそ見して、手ぇ切るなよ」ひと言言うと出ていった。

嘉一は一人でイカを割《さ》き始める。内臓や目を取り除いたイカを籠に放り入れる。何度か

に一度は必ず目玉が破れ、辺りに赤い汁を飛び散らせた。正面の板壁に飛んだ赤い汁がずるずると垂れさがり、その上にまた重なって命中する。墨がついた指先がヌルヌルする。

キエが戻ってきた。

「どんな様子だい？」と籠を覗《のぞ》きこんで、

「けど、丁寧《ていねい》にやってくれよ。売り物なんだから」

戻る途中に菓子パンを買ってきた。二人で昼食代わりにした。

籠がいっぱいになると、二人で加工場に運んでいった。

工場は近くにあった。大きくマルナカ有限会社と看板を掲《かか》げた、加工場としては中規模程度の大きさの工場である。

開け放した広い土間に、空荷の小型トラックが二台停まっていた。左手が作業場になっていて、四十人ほどの女工が、横並びに立ったまま黙々とイカを割いている。中では大きな送風機が二台、やかましく音を立てて回り続けていた。

「あの人が工場長さんだよ」奥に目をやり、キエが小声で言った。

二人はまた家に戻ってイカを割きだす。腕やら顔やらについた汁が渇《かわ》きだすと、もうじっとしていられないほどの痒《かゆ》さで、嘉一は閉口した。

三つ目の籠を運び終えたところでキエは言った。

「一籠いくらなんだよ。でもチェックが厳《きび》しいから、擦り切りいっぱいにしなきゃいけないんだよ。足をつけて、内臓もちゃんと取って。でなけりゃ、一籠なんぼって取ってもらえないのさ」

「くたびれたねえ。でも、もうあと二籠はあるようだよ」

工場の付近では、親指の爪ほどもあるでっぷり太った金蠅《きんばえ》や家蠅が、そこら中、何十匹とうろつくように飛び回っていた。

歩く途中、キエの下駄に大きな金蠅が潜《もぐ》り込むようにして止まった。適当に汗の臭いが染み込んでいたのだろう。

何も知らないキエの足が降りる。ぶちゅっ、彼女の足元でそんな音がした。

「蠅、踏んづけた」見ていた嘉一が言う。「えーっ?」キエは渋面《しぶづら》になって下駄を脱ぐと、それを嘉一に持たせ、指先を丸めると、せんべい状になった蠅をプイと弾き飛ばした。

「工場に行ったら、洗わせてもらうよ」少しの慌てた様子もなく、下駄を履《は》きなおして歩き出した。

五つ目の籠に取り掛かる頃になって、哲と照子が学校から戻ってきた。

「イガ、クセー」戸を開けるなり、哲が大声で言った。

「イガ、クセー」照子も真似る。それから二人で部屋の中をキャッキャッと走り回りだした。

十数匹の蠅が、部屋の真ん中で輪を描いている。

「叩《たた》き落せ！」哲が言い、二人は下敷きを手に、蠅を追いまわしはじめる。

途中、照子が怒った声で言う。「あんちゃん、叩《はた》いた」

「そんな所でうろうろしているからだい」彼はやや離れ気味の目で、妹を見下ろしながら言う。

照子は負けずに白目で睨《にら》み返す。「だって、あんちゃん、叩《はた》いた」

「窓は開けるなよ。蠅が入るから」キエが振り返ると、きつい調子で言った。

最後の籠を運びだすと、キエは嘉一に先に帰っているように言った。

やがて戻ってくると、

「今日は嘉一のお陰で一番の稼《かせ》ぎ手だったよ。手当も弾んでもらったし。さあ、皆で銭湯《せんとう》に行って、帰りはアイスクリームでも買ってあげるよ」

銭湯から戻ると、家の中は、異様なほどの生臭い匂いが充満していた。

窓を開けようにも、それもかなわない。なにしろ窓のガラスには、十数匹もの蝿がこちらにぷっくりとした腹を見せ、隙《すき》あらば中に入り込もうと狙っているからだ。臭気は夜になっても消えずに残った。

それもそのはず、台所の流しの上には、キエがちゃっかり失敬《しっけい》した二十数杯のイカがぶらさがり、干されていたからだった。

秋になると、日曜日、キエはリヤカーを借りて、嘉一を連れ、朝市で売る野菜を仕入れに郊外へ出かけた。冬が近づくと、キエは彼に手伝わせ、一冬分の薪割《まきわ》りをした。

（二）

翌年の春、嘉一は中学一年生になった。校区の一番端からたった一人で通うことになった。

新しい学校での友達はいない。彼は自分から積極的に人の中に入っていくような性格ではないので、いつも一人ぽつんとしている。

登校を始めて、二週間もたたないうちに、小柄でおとなしいのをいいことに、他のクラスの男子生徒が目をつけ、苛《いじ》めに遭《あ》うようになった。

その日も二人の生徒から苛められそうになり、逃げ出した。

廊下を走って逃げた。二人はしつこく追いかけてくる。

自分のクラスまで逃げ込めばなんとかなる、捕《つか》まれば何をされるかわからない。必死で逃げた。

職員室の前まで来たとき、戸が開いて、陰険《いんけん》な目つきの教師が中から出てきた。理科を受け持つ島中先生だ。彼は先頭を走る嘉一を捕まえると怒鳴った。

「なんで走るんだ！」

彼らに追われていたとは言えない。言えば後でもっとひどく苛められる。助かったようなそうでないような。

嘉一は、この理科の教師を最初から好きになれずにいる。中学に入って、最初の授業で、彼は名前を呼ばれず、いきなり黒豆と呼ばれた。色が黒く、小さいからだ。

「ここに並べ。並んで順に名前を言え。新一年生だな」三人は頭を垂《た》れ、黙って並ぶ。

「廊下を走ってはいけないことは、じゅうじゅうわかっているはずだ」と説教を始めた。

それから追いかけていた二人に向かうと、

「いいか、おまえらは十分反省したら、教室に戻っていい。これからは気をつけるんだぞ。黒豆は駄目だ。お前が先頭を走っていたんだからな。走ろうと唆《そそのか》したのはお前だろう？」

「お前、おとなしいと思っていたら、意外と悪だな。人に見られない所では、こんな悪さをしてるんだな。そういう人間なんだな、お前は。悪い奴だ」

追われていたのだもの、どうしたって先頭を走ることになる。悪い印象をもたれてしまったが、嘉一は、そのぐらいの失敗なら誰でもしがちと、さほど気にすることでもないと思っていた。

だが、それがそうでもない。島中は嘉一を本気でそうと決めつけてしまったようだった。

その場で釈明《しゃくめい》すればよかったものを、彼は島中が怖《こわ》かったし、口答えをすると余計印象を悪くする、また話したからといって聞いてくれそうもないと考え、端《はな》から諦めてしまった。

それがいけなかった。島中はこの件をいつまでも覚えていて、何かと言えば彼をいたぶる態度で接した。もっとも彼は、受け持つクラスの中に、あらかじめ一人か二人、自分が都合よく利用できる生徒をつくっておくようだった。

翌春、嘉一は二年生になった。新学年になって、組替えの発表があり、彼は一組に入った。

二階にある二学年の教室に行って、まず思ったのは、ここでも親しくなれそうな友達はいないということだった。

新しい学年に寄せる期待など初めからなかったが、それでもその通りか、それ以下だと思うと、やはり落胆《らくたん》は隠せなかった。

通う中学校は、市内でも三本の指に数えられるという問題校だった。月に数度の他校との生徒同士の喧嘩、傷害事件、万引き、集団での恐喝《きょうかつ》、不登校、家出などは日常茶飯事《さはんじ》で、その悪い伝統は創立以来、変わりなく続いていた。

この年、新しく着任した校長は（正直言うと、この学校の着任を喜んでいなかった）、自分がこの学校にいる間に、少しでもこの悪評を変えたいものだと考え（このままでは毎年同じことの繰り返しではないか）、ここで新しい策を試みて、この悪い伝統を絶ちたいものだ、と教師たちに意見を求めた。

これについて、皆はたいした良い考えも浮かばないまま、それではこの年度、二年生のクラス替えの行われるのを機に、この中の一クラスを実験的に、例えば成績や生活態度の優秀な生徒と、問題を起こす生徒を半分ずつ混ぜてみてはどうか、という案が出てきた。

そうすれば、問題を起こす生徒たちは、しだいに真面目で優秀な生徒たちに感化され、自然、生活態度も改まっていくのではないかという、かなり大胆、かつ安直《あんちょく》な考えだった。

となると、当然異を唱《とな》える教師たちも大勢出てくる。それでもし、結果が裏目に出たらどうなるのか、真面目な生徒たちが彼らに影響されることだってありうる、クラス替えは三年間でこれ一度きりなので、後二年間、果たしてその状態で持ち堪《こた》えられるのか、この案は危険すぎやしないかという声が多数を占めた。

しかし、かといって他に良い案も見出せず、けっきょく、現場から離れている校長、教頭ら管理職の、とにかく何かしなければ、という意見が通る形で決まってしまったのだった。

それでは、この特別なクラスの担任を誰にするかということになり、皆がなんとなく尻込みする中、柴山稔《しばやまみのる》という新卒三年目の体育の教師が宛《あ》てられることになった。

彼ならば体力もあり、若いだけに生徒の気持ちもわかるだろうということで、そこはすんなりと決まった。

但《ただ》し、彼は、これまで担任の経験は一度だけなので、指導や経営に不慣れな点も出てくるだろう、ならば、その時は教師一丸となって、協力し解決に当たればよいことと、これも概《おおむ》ね管理職の意見で決まってしまった。

そのため一組は変則的なクラスになってしまう。生徒の人数が揃《そろ》わない。男子の数が足りないのだ。

嘉一は運が悪い。特に成績が優秀でも生活態度が悪いわけでもないのに、人数を揃えるため、一度は決まっていたクラスから引き抜かれ、急遽《きゅうきょ》、一組に入れられてしまったのである。

嘉一がついていないのは、この学校に入学する時もそうだった。

彼はこの校区の一番端からやって来る。あと道路一本違うだけで、家からずっと近い中学校に通えたはずだし、そこには小学校時代の友達も大勢いたのだった。

そこでもそうだし、ここでもそうで、彼にはそうしたツキのないところがあるようだった。

そのうえ、理科の教科担任が、一年の時と同じ島中だとわかると、彼の新学年への僅かな期待も打ち砕《くだ》かれてしまった。一年の時の方がまだましだったという気持ちにさえなった。

そんなわけで、彼の新学年の生活は、何も楽しいことはなかったが、それでも、毎日往復二時間もかけて学校に通い、掃除も手を抜かずきちんと済ませて帰っていくのだった。

加えて、人と競い合うのが不得手《ふえて》な彼は、自発的に行動を起こすようなこともしないため、認めてくれる人もいなく、クラスでは、問題は起こさないが、存在感の薄い生徒と見做《みな》されていた。

## (三)

一組は、成績が学年でトップの長沢亮《りょう》という生徒が級長で、景山美佳《かげやまみか》という生徒が副級長だった。

最初の中間テストの結果が、職員室の脇のボードに張り出された。

長沢がまた学年で一番だったと、彼の仲間の一人が知らせに来る。

長沢は、そんなことは言われなくとも最初からわかっているとでもいった、余裕の顔で聞いている。

だから、落ち着き払った様子で、

「で、二番は誰？」などと訊いている。

「一点差で景山」と彼は副級長の名を言う。

長沢は、一瞬、驚いたように首をぐるりと回すと、廊下側の日の当たらない席に座っている彼女の方へちらりと目を向ける。

『……ん？　あいつと？　一点差？　あっぶねえ……』

彼女との点差が、ほとんどなかったのが不満のようだ。

『へえ、またあいつか？　ちっ、生意気に……、ふん、まっ、いいか』

そんな空とぼけた顔でズボンのポケットに両手を入れると、知らせに来た生徒の肩を肩で押しながら、

「で、お前は」などと訊いている。彼が答えると、

「おっ、いいじゃん」などと言って、自分の肩をもう一度相手にぶつけてみせた。

なにしろ、七クラスある学年の上位十傑《じっけつ》の中に、クラスの七人もの生徒が占めているの

だ。

景山については、彼女の祖父も伯父も教員だと聞いたことがある。

『まあな、そういうことだから』

けれども、おそらく次の試験の順位が決まるまで、嫌でも今日の結果を思い出すのだろう。

それからだ。彼はなんとなく顔を上げては、彼女のいる辺りの席に目をやり、そこに彼女が居ればよし、居なければなんとなく物足りなく思うようだった。

「次は何の授業？　理科？　島中だってかぁ」

そして始業のベルが鳴りだす。

まもなく静まった教室内に、豚革のスリッパをピタピタ打ち付けながらこちらへ向かう足音が聞こえてくる。

「来たぞ、来たぞ」「五分の遅刻だ」

戸が開いて、上背のある頬のこけた青白い顔の教師が、渋面を浮かべて入ってくる。

何かといえばすぐ怒鳴りだすこの中年の教師に、皆は強持《こわも》てに接する。

授業は静かに進みはじめる。

両隣の教室の笑い声まで聞こえてくる静けさの中、皆は彼の話を頭を垂れて聞いている。彼は狭い机間の通路を、行ったり来たりしながら質問を繰り返す。普段持ち歩く細い竹の棒を、時々鞭《むち》のようにしならせては机を叩く。

そうして誰かが答えに詰まると、突然、怒鳴りだす。

「お前らは馬鹿だ！　正真正銘《しょうしんしょうめい》の大馬鹿だ。揃いもそろって低能だ。どうにもならん。頭が原始人なのだ。進化することを知らん。勉強などする必要はないわ。とっとと原始時代に帰れ！」

「まったく何を聞いておる、ここは今やったばかりだろうが、馬鹿者が」

いつもいつも、こう貶《けな》されるばかりでは、生徒たちにも不満が溜まってくる。

「まったく、馬鹿、馬鹿ってどうしようもねえな、俺たち、原始人なんだってよ」ということで、生徒たちが彼につけたあだ名は〝原始人〟。

彼の授業中、顔を上げて聞く者はいない。頭を上げると、即、質問されるからだ。

授業中、彼は、予定していたページまで進まなければ、成績のよい生徒ばかり当てるようになる。そのため授業は滑《なめ》らかに進む。

「よし」「そうだ、次」もちろん、生徒からの質問はない。

なので、いつも予定していた所まで、きちんと終えることができるのだった。

そのうえ、なかなかの自信家で、誰もいないところでは随分《ずいぶん》顔をしている。

そんな島中に、要領の悪い嘉一はうまく立ち回れないでいる。

真面目で従順で働き者といった彼の長所は、島中の前では、何の役にも立たなかった。

そんな島中の嘉一への態度も影響してか、彼は一年生の時から、同学年の男子生徒からの苛めに遭うようになっていた。


級長の長沢は成績が良い上、長身で顔立ちも整っているので、女生徒たちに大もてである。そのうえクラスをまとめていく力もあった。

彼の周囲は、いつも八人ほどの男子生徒が取り囲んでいる。教師たちにも一目置かれ、女生徒たちにはキャアキャア言われ、彼自身もちょっとした番長気分でいる。

ある日の休み時間、ちょっとした事件が起きた。

副級長の景山美佳と仲の良い女生徒が、石山という男生徒に、背後からいきなりポニーテールの髪を引っ張られ、椅子から引きずり落とされたのだ。

彼女はめそめそと泣きだした。

それを見て、

「危ないじゃない。怪我でもしたらどうするの？」憤然《ふんぜん》として言ったのは美佳。

石山は、そのころ男子の間で流行っていた遊びを、彼女にもやってみただけのつもり。

だが女子が相手では度が過ぎた。もともとやることが乱暴な生徒だった。

美佳に正面から見据《みす》えられ、その正当な言い分に引っ込みのつかなくなった彼は、

『何でぇ、ちょっとからかってみただけじゃねえか』などと、文句を言いたそうな顔でいる。

「謝《あやま》りなさいよ」美佳は声を強めて言う。

周りにいた皆は、どうした、どうなるのかと二人を見ている。

どうにも分が悪い、『謝れだって？　うっせぇ、俺にそんなことできるか』

教室の真ん中で、美佳と石山が睨《にら》み合っている。

だが、彼は次第に追い詰められたようになり苛々《いらいら》してくる。

どうする、どうすると皆が注目するなか、それ以上じっとしていられなくなった石山は、

「何だよぅ！」傍らにあった椅子を掴《つか》むと、頭上高く持ちあげて、そこから彼女に向かっ

て投げつけようとした。

それを見て、

「やれ！」と言い放ったのは長沢。石山はそれを後押しのように聞いて、彼女に向かい、狙いを定めると、「えいっ！」とばかり椅子を投げつけた。

椅子は彼女の脇を掠《かす》めるように飛んでくると、大きな音を立てて床に転がった。

女生徒たちは息を飲んで美佳を見つめる。どうだろう。やはり彼女も泣き出すのだろうか。

が、いつもは物静かな彼女は、ひるむどころかその落ちてきた椅子を、見事に蹴飛ばしてみせたのだった。意外だった。皆はびっくりする。

「やるならやってみなさいよ。こんな無茶、許さないから」

むくむくと湧き上がる正義感で彼を睨みつけると言った。

皆の目が石山に注がれる。と、ますます追い詰められた気になった彼は、

「このヤロウー！」と叫ぶと、再び傍にあった椅子をむんずと掴んで、教壇へと駆けあがり、椅子を高々と持ち上げ、今度ははっきり彼女だけを狙《ねら》って投げつけようとした。

教室がしいんとなった。あいつなら手加減せず本気でやるだろう、皆は次に起きること

が容易に想像できた。その騒ぎのなか、美佳は傍《かたわ》らで男子の誰かが、「何だよ、女のくせに」と言ったのを、確かに聞いたと思った。

その時だった。

「止めれっ！」長沢の怒声が飛んだ。ここ一番という、有無《うむ》を言わせない鋭い声だった。と、いまにも投げつけようとしていた石山の手が止まる。恨めしそうに長沢を見、しぶしぶといった様子で、持ち上げた椅子を床に下ろした。

見ていた女生徒たちは、やっぱり男子って乱暴だと思ったのか、長沢はかっこいいと思ったのか。

だが、美佳は、自分からけしかけるようなことを言っておきながら、自分から矛《ほこ》を収めるようなことをする、長沢は何を考えているのかわからない、変な人だと思った。

中間テストが終わると、次はもう体育大会が待っている。学校の行事はいつも目白押しだ。

中に、恒例《こうれい》の全員参加の、クラス対抗男女混合リレー競争の種目がある。

それに先立ち、クラス全員が走って順位をつける。一組の男子では嘉一が一番のタイムだった。

一組は変則的《へんそくてき》なクラスなので、他のクラスより男子の数が足りない。その調整で、男子二人が二回走ってもいいことになった。

クラス全員で作戦を立てる。嘉一は最初と最後を走ることになった。最初で引き離し、最後に追い抜くという戦法だ。

嘉一がクラスで一番早かったのは、彼にとっても驚きだった。もともと走ることに自信はあったが、一番になれるとは思ってもみなかった。

家に帰り、キエに言うと、

「母さんも子供の頃は、走るのが早かったよ」と、嬉しそうに顔を綻《ほころ》ばせ、

「そりゃ、なんだよ。嘉一は往復二時間もかけて学校に通うだろ。それで自然と足腰が鍛《きた》えられて、強くなったんだろうよ」と、終始笑顔だった。

体育大会当日は、風の強い日だった。競技も順調に進み、いよいよ最終種目の徒競走が始まった。

ピストルがバンとなると、チームの一番手を走る嘉一は、緊張のあまり、あろうことか

持っていたバトンを落としてしまった。その上バトンは、折からの強風に煽《あお》られ、反対方向へコロコロと転がりだしたのである。

女生徒たちからは悲鳴があがり、はやくも泣き出す子も出てきた。その時すでに先頭とは三十メートルもの差ができてしまっていた。

嘉一は必死でバトンを追いかけ、拾うと、死に物狂いになって走りだした。だが、見ていた皆は、大勢はこれで決まったも同然と、すっかり落胆してしまった。これではははじめから勝負はついている、もう駄目なことはわかってしまったというのだ。

そんな中、皆の前に長沢が登場してくる。真っ白い短パン姿でさっそうと現れた彼に、女生徒たちはお互い体をぶつけあってキャアキャアキャア言っている。彼の一挙一動《いっきょいちどう》、見逃すまいとその姿を追いかけている。

彼の番が近づいてくると、彼に向かって、アイドル並みの声援が送られる。声援は他のクラスの女子からも飛んでくる。

目立つのが大好きな彼は、その前を涼しい顔で通りすぎ、スタートラインに立つ。すらりと長身の彼は、どこにいてもひときわ目立って見えるのだった。

五番目でバトンを受け取ると、女生徒の黄色い大声援の中、校庭を四分の一周する間に一人に抜かれる。女生徒たちが一斉に「ワーッ」と笑い崩れるなか、中継地点近くでまた一人に追い抜かれそうになって、必死の形相《ぎょうそう》でなんとかその生徒と並んでバトンパス。走り終わると（俺って、走る方は苦手なんだよなあ）、そんな顔をしている。どんな時だって自分を格好よく見せることは忘れない。この時点で一組は六位。

抜きつ抜かれつ、三十八人の生徒が走り終え、いよいよ最後に嘉一の番になった。

クラスの皆は、始め出遅れただけに、上位を狙うのはすでに諦めていたが、それでも一つでも順位をあげられないものかと僅《わず》かな期待を込め、祈るような目で見つめている。

そのとき一組は先頭から四番目。嘉一は、バトンを受け取るやいなや脱兎《だっと》のごとく走り出し、すぐに一人を追い抜いた。それからもう一人に猛追《もうつい》し、今少しで射程内《しゃていない》に捉《とら》えようというところとなった。

クラス全員の目が驚きをもって彼に注がれる。さらに、先頭を走る生徒との差が、ぐんぐん縮まりだすと、これはひょっとしたらひょっとするかも、というわけで、今度は信じられないといった興奮と歓声の中、クラス全員、声を揃えての大声援になった。

その声が届いたかどうか、嘉一はひたすら前方を睨み、がむしゃらに走り続けて、とうとうゴール付近で先頭に追いつくと、同時にゴールを駆け抜けて、ばったりと倒れこんでしまった。

「ワーッ!」クラス中に歓声が上がる。「一位?」「一位になった?」「えー?」「うっそ〜」「信じられな〜い!」

クラスの仲間は抱き合って泣き出したり、飛び上がったりで大喜びだ。何か言おうにも、感激のあまり声が詰まって言葉にならない。

「だって、最初、バトンを落としたんだよ」「びりから走りだしたんだよ」驚きと歓びの声が交錯《こうさく》する。

そんな騒ぎをよそに、嘉一はようやく起き上がると、青ざめた顔でふらふらと自分の席に戻っていった。

クラスのために懸命に走る彼の姿は、見ていたクラス全員の胸を熱くした。特にゴール間近、先頭を走る生徒にぐんぐん追いついていく姿は圧巻《あっかん》だった。

徒競走は持ち点が大きかったため、一組は総合点で、七クラスの二位に躍り出た。

それからのクラスでの嘉一に向ける目が、少し変わったようだった。仲間として認める、そんな下地が生まれたというところかもしれない。それまでの嘉一は、友達もいなく、何かされてもやり返せない、意気地なしと思われていたからだ。

休み時間に、女生徒が五、六人集まって話をしている。中心になっているのは、重本尚美《しげもとなおみ》という色白で細面《ほそおもて》の目鼻立ちの整った子である。

彼女のその仕草《しぐさ》は、中学生とは思えないほど色っぽくみえる。

その日も、鮮やかな真紅のフレアスカートをはいて、机の上に足を組んで座ると、ピンクのマニキュアをつけた細長い指を、これ見よがしにくねくね動かしている。その優雅で婀娜《あだ》っぽい仕草は、皆が思わず美しいと見惚れるほど。どうしたらあんな風に見せられるのかと感心して眺めている。

マニキュアは、私立高校に通うボーイフレンドからの贈り物だと言っている。

「欲しいと言えば、ね、何でも買ってくれるの。彼のお家って、すごいお金持ちなのよ」

「口紅だって好きなの買っていいって。お洋服だってそうよ」

と小鳥が歌うような可愛い声で言っている。

席の一列離れた場所では、美佳が英語の教科書を開いたまま、ぶつぶつと何か呟《つぶや》いている。彼女は、この一時間前の英語の授業で新しい発見をしたのだ。

塾に行かない彼女は、一年生の時、英語の勉強の仕方がわからなかった。一年の時の英語は、無免許の男性の老教師が、英文字につけたふり仮名をぼそぼそと、それも、訛《なま》り言葉で棒読みするだけだった。それが二年生になって、新任の英語専攻の女性教師に替わって、発音や文法など、がぜん納得がいったように思えたのだ。(だが、彼女は新卒で若かったので、問題児たちはわざと逆らったり、妨害したりでなにかと攻撃《こうげき》の標的にしていた)『そうか、英語はこうして勉強するものなのか』彼女は感心して思う。なので、その合点したことを、さっそく試してみようと、次の授業を受けるのを心待ちにしている。

「嫌だわ、そんなこと訊くの?」

尚美の周辺で笑い声が弾ける。誰かが、尚美とその彼がどこまでの関係なのかと尋ねたから。といって、物怖《ものお》じしない彼女は嫌がる風でもない。なんとかと答えて、再びその場に笑いが起きる。

クラスの中で、全く訛りがないのは、長沢と尚美の二人だけ。あとは皆、言葉の端々に消しがたい土着の訛りがジワリと滲《にじ》んだものだ。

「べつに何も怖いことなんてなくてよ」尚美は、小首をかしげ、スカートの裾をちょっと持ち上げて膝の辺りまで伸ばすと、かわいらしく笑ってみせる。

父親がキャバレーの経営者ということで、その方面にも顔が利き、クラスの問題児たちは彼女を〝姉御《あねご》〟と呼んで一目置いていた。明るい性格で、景山を『美佳ちゃん』と呼んで人懐《ひとなつ》こく、なぜか仲がよかった。数度の万引きの補導歴があるにはあったが。

教壇の下では、数人の男子が足を掛け合ってふざけている。通りがかった嘉一が、ついでのように思いきり足を掛けられて転倒する。が、彼はすぐに起き上がって、急いで自分の席へ戻っていった。そう、かかわらないのが一番と思っている。

教室の二、三か所から、誰かがヒステリックな喚《わめ》き声を上げ、駆けまわっている。同じところから下卑《げび》た笑い声が起きる。教室全体がざわついている。

原口という男生徒による、教壇の上に五、六人の男生徒が並ばされての、みせしめの往復びんたが始まる。他校との喧嘩か何かでしくじりでもしたのだろうか。

尚美たちの話し声がそれらの騒音に消され、途切れ途切れに美佳の所まで届いてくる。

「だって、ね、遊び友達だもの。ちょっと一時間ぐらい身体を貸してあげるだけでいいの。その後は何でも好きなもの買ってくれるのよ」

「ただね、じっとしているだけでいいのよ。それが、ね、とっても気持ちがいいんだから」

その声が、また別の騒音と重なって掻《か》き消される。

「ええ、いいわよ。彼、お友達たくさんいるの。今度、ボーイフレンドを紹介してあげるね」

それから……始業のベルが鳴りだす。

（四）

教室の後方の戸が勢いよく開いて、長沢を先頭に、八人ほどの男生徒がぞろぞろと入ってくる。美佳のいる一番端の狭い通路を、わざわざ選《よ》ったように歩いてくると、長沢がニヤニヤしながら、

「月に一度、赤いものが来るのはなあ〜んだ」と美佳の傍を声を張り上げて通っていった。

消しゴムの滓《かす》を一か所に集め掬《すく》おうとしていた美佳の耳に、その声は、聞こえよがしにはっきりと聞こえた。

『何？　何？　今、何て言ったの？』

顔を上げて、彼らの方へ眼を向ける。が、彼らはもう机の並んだ先頭の所まで行っていて、ふざけてもつれ合っている。

彼女の目がキュッと吊り上がる。どうにも神経を逆なでする。聞き捨てならない。

『ちょっと、ちょっと、今、何て言ったの？』

彼女は、今聞いたことを確かめるように呟いてみる。『月に一度赤いもの……』そう、あいつは確かにそう言ったのだ。

俄然《がぜん》、むくむくと怒りがこみ上げてくる。

『そう、あいつは私たち女性を馬鹿にしているんだ。女の人を見下しているんだ。何よ、嫌な奴。調子に乗って……、許せない』

この言葉を彼女は、世の中の女性全体に向かって発せられでもしたように聞いた。消しゴムの滓を拾い集めていたことなどすっかり忘れて、

『何よ、自分だってその馬鹿にしている女の人から生まれてきたんじゃない。ねえ、あなた、それってあなたのお母さんにも言えること？　お母さんがいたから、あなたも生まれてこれたんじゃない？』『もう、ほんとむかつく』『嫌な奴。もう絶対に許さないから』

『それなのに……』と、そのあとは視線をぼんやりと空中に這《は》わせている。

『他の皆はどう？　あいつはそうして私たち女性を見下しているのに、なぜ皆は彼のことをちやほやしたり、憧《あこが》れの目で見たりするの？』

『みんなおかしいよ。彼のどこがいいっていうの？　あのちょっと悪ぶって見せるところがいいの？』

そうしたところが、皆の母性本能をくすぐるのだろうか、ほら、いつだって、『長沢君だから』と言って、大目に見るんだもの。

『だって、あいつ、女の人を馬鹿にしているんだよ。見下しているんだよ』

その長沢が、向こうで大声で何か言っている。返ってくる言葉に、体を二つ折りにして大笑いしている。こちらに背を向けたまま、もちろん、こちらの方は絶対に見ようとしない。

やがて、『まあね……』眺めていた美佳は独り言《ご》ちる。

『まあ、あいつが何をしようと、私には関係ないか……』

## （五）

六月の末になって、その長沢が、父親の転勤のため東京に引っ越すことになった。

そのことが知らされると、女生徒たちはショックを受けたようで、泣きだす生徒もでてくるほどだった。誰かが、それなら彼に手紙を出そう、見送りにも行こうと言い出して、ようやくその場は収まった。

そして、「美佳も（見送りに）行くよね」と当然のように言われて、美佳は戸惑《とまど》った。もし、クラスの女生徒全員が揃って行ったとすると、彼をますます調子に乗せ、天狗にさせると思ったからだ。かといって、行かなければ、義理を欠くことになりはしないか、そんな気がしたのだ。それでしぶしぶではあったが行くことにした。

連絡船乗り場の桟橋《さんばし》の一角に、クラスのほぼ全員の女生徒たちが集まっている。中には他のクラスの女生徒たちもかなり混じっていた。それを見て、美佳は、とりあえず来てよかったと思った。義理を欠かさずに済んだと思ったから。

少し離れた所で、男子生徒に囲まれた長沢が、話をしている。手にした分厚《ぶあつ》い紙の束や小箱は、たぶん女生徒たちから貰った、手紙や贈り物なのだろう。

傍らに立っているのは、彼の両親だろうか、女性は淡い色合いの和服姿で、彼らもまたそれぞれに、見送りに来た人たちと、親しげに挨拶を交わしていた。

遅刻だ、遅刻だと息せき切って近づいていく彼女に、

「あーっ、美佳が来た、美佳が来た！」

「景《かげ》ーッ！」「こっち、こっち！」女生徒たちが彼女を見つけて、背伸びしながら大きく手を振った。

その声に、長沢が振り返って彼女を見たが、彼のために来たわけではない美佳は、皆の方へまっすぐ走っていった。

風の強い日で、正面からまともに吹きつけてくる風が、耳元で、ビロビロと渦巻くような音を立てている。

彼女たちはそれぞれに、色とりどりの紙テープを手にしていた。

やがて、皆に挨拶《あいさつ》や礼を言い終えた長沢が、美佳の方を振り向くと、遠くから、目でこっちに来て、と呼んでいる。

行くと、両親に、

「クラスの副級長の景山美佳さんです」と紹介された。

その様子は、いつもとはまるで違い、人をからかったりする様子もなく大真面目なので、美佳は思わず、別人じゃないかと思ったほどである。

そんなことで驚いていたせいか、彼女はその時、彼の両親がどんな顔でこちらを見ていたのか、何を話しかけたのか、あとで思い返してみても、その辺りが頭からすっぽり抜けて、何も覚えていないのだった。

それよりもなによりも、彼の礼儀作法が洗練《せんれん》され、それがしっかり身についていること に、すっかり驚かされていた。

『出るところに出たら、ちゃんとした作法ができるようにと、小さいときから躾《しつ》けられて いるんだ。育ちのいいお坊ちゃんなんだ。東京に行くという人は、やはりどこか違うな あ』

以前、何度か、彼にからかわれたことを思い出し、

『思ったほど、嫌な奴ではなかったのかもしれない』などと考えたりもした。

港湾の周辺は、いつも風が強く吹きつける。特にこの日は格別で、紙テープのご使用は なるべくご遠慮くださいと、何度も放送がかかるほどだった。

なにしろ、力いっぱい投げられたテープは、相手に届かぬうちに風に吹き飛ばされ、海 に落ちるか、または戻されてコンクリートの床を走るように転がるか、なのだった。

それでも、幾つか運よく船上まで繋《つな》がれたのがあって、それがまともに風に煽《あお》られては 震え、ブル、ブル、ブルルと大層な音を立てている。

美佳はテープを持っていなかった。遅刻しそうで、買うことができなかったのだ。まし

て彼への贈り物など考えもしなかった。

やがて銅鑼《どら》が鳴り、使い古しのテープなのか、間延びした途切れ途切れの『蛍の光』が流れだす。

皆がデッキを仰ぎ見るなか、船は緩《ゆる》やかに離岸しはじめる。

皆は口々に別れの言葉を交わし、わずかに残ったテープをいっぱいに伸ばし（すぐに風にちぎれていったが）、帽子やらハンカチやら手などを大きく振り続けた。

そうしてそれぞれに相手の顔の区別もつかなくなる頃、船体はゆっくり向きを変えると、白波を立てて悠悠《ゆうゆう》と遠ざかっていった。

「寂しくなったねえ」「なんかさあ、つまんない」

潮風でもみくしゃになった髪を抑えながら、女生徒たちは言う。

「ねえ、誰か、長沢君の東京の住所、訊いてる？」

「訊いてる、訊いてる」

「よし！　今度、皆で彼に手紙を出すことにしよう」「うん、それがいい！」「いい、いい！」

「景も書くよね」と、当然のように言われて、

「いいや、私、書かない」「えっ、どうして?」

「べつに……親しかったわけでもないもの」

「でもね、見てた? 長沢君、こっちが見えなくなるまで、ずっと景の方を見てた」

「えーっ? うっそー!」「ぜんぜん気がつかなかった」「何で?」

「どうして景なの?」「知らないけど……、見てた」

『そんなこと、知らない』美佳は思う。それに、だからどうだというのだ。

女生徒たちは美佳が長沢を嫌っていることに、うすうす気づいている。

『私はただ、世間ではこうするものだと思ったから、来たまでのことだ。だから』と、彼女は首を振ると、そっちで勝手に話を作って盛り上げないでよ、というほどの気持ちでいる。

(六)

長沢がいなくなって、クラスの雰囲気が変わった。彼に変わって級長になったのは、野上達也という長沢のグループの一人だった。が、彼は進学が第一目標で、クラスの運営には関心がなく、やらなくてはならないことを言われた通りするだけという調子だったので、クラスは何をするにも活気がなく、味気《あじけ》ないものに変わってしまった。

長沢は、どうやらクラスでいい意味、ひときわ精彩《せいさい》を放つ存在だったらしい。

彼は、気ままに振る舞っていても、人に嫌われることはなかった。それが天性のものか、育ち方によるものかはわからないが、どうもそれが彼の最大の魅力であるらしいのだ。

美佳には、皆で彼を甘やかしているという思いが抜けない。

だが、そう考えてしまうところが、自分のいけないところで、今少しの寛容《かんよう》さで、彼を認めるべきなのかもしれない、と思ったりもする。

面白さを欠いたクラスの中で、嘉一はまた男子から苛めを受けるようになった。

休み時間、嘉一は何かと理由をつけては、美佳の所へやって来る。ここにいると誰からも苛めをうけないで済む、と思うようだった。苛められそうになると、美佳が相手を注意するからだ。

教科書を持ってきて、わからない所を尋ねたり、他の誰かの質問をじっと聞いていたり、何もすることがなければ、彼女の机の傍で、時間をかけて靴の紐を結びなおしたりしていた。

また、勉強を教えてくれたお礼だと言って、美佳の鉛筆を削《けず》ったりした。

ある時、「これ」と言って、二センチほどのちびた鉛筆ばかり入った缶を、美佳に見せたことがあった。どれも機械にかけたようにきれいに削り揃えてある。どうしてこんなに上手に削れるのか、またこれだけの数をどうやって集めたのかと訊くと、彼は相好《そうごう》を崩し、授業中、一本ずつ削っては、時間をかけて集めていったのだと言う。他の誰にも見せたことのない宝物なのだと言った。

授業中、いったいどうするのかと見ていると、黒板の字を熱心に書き写していた彼は、いい具合芯が丸くなったと思う頃に、急に下を向いて、嬉々《きき》として鉛筆を削ることに専念しだしたのである。

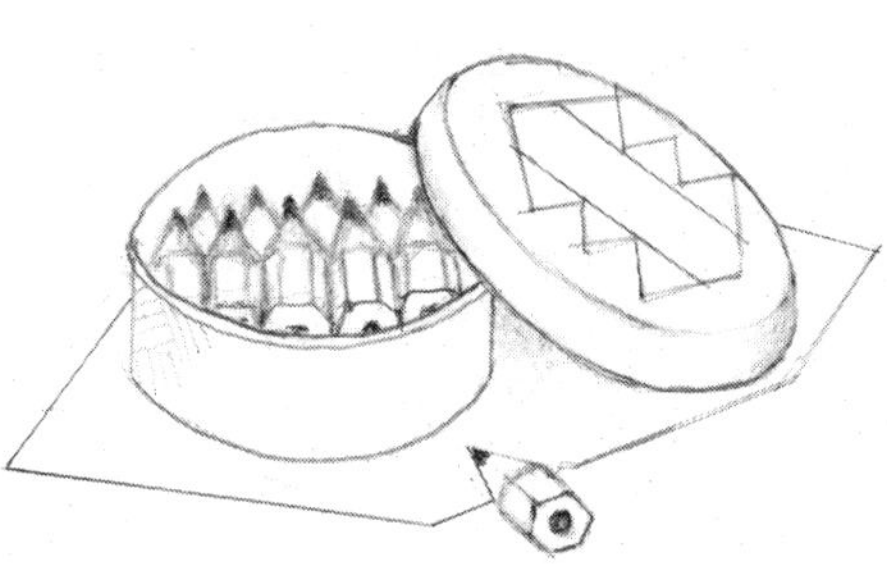

長沢が去って十日ほども経ったある日の下校時、美佳はいつものように友人たちと靴置き場に向かっていった。すると、そこに担任の柴山がいて、

「景山、ちょっと」と呼び留めるのである。近づいていくと、

「どうだ、今日、クラスで何か変わったことはなかったか、あったら教えてほしい」と言うのだ。

『なぜそんなこと、私に訊くのだろう』と思ったが、

「今日は特別、変わったことはありませんでした」と答えると、「そうか、わかった」と、向こうに行ってしまった。

　ところが、翌日も、その翌日も柴山は同じ場所で待っていて、同じ質問をくり返すのだった。そしてそれが数日も続くと、仲間たちも心得て、彼女を置いて先に帰るようになってしまった。

　周囲に生徒が大勢いたりすると、柴山は、そこまで一緒に帰ろうと言って彼女を連れだした。

　なぜ人に知られぬようこっそり聞くのか、それもどうも自分にだけ。副級長だからか、

それなら野上君だっているじゃないか、というより、放課後のクラスの反省会で、皆に直接訊けばいいことだ、なぜそうしないのか、美佳は訊かれるたび、仲間の告げ口をしているようで嫌な気持ちになった。

教師は、自分たちにいろいろ新しい知識を教えてくれる、生活態度を正しく導いてくれる、だから、敬《うやま》わなければならないのだと教えられて育った美佳には、気持ち的には不満なのであるが、この荒れたクラスを纏《まと》めていくには、そうした協力も必要なのかもしれないと思うのだった。

ふっと、思った。

『もしかしたら、今までこの役は、長沢君がしていたのかもしれない。彼も先生に頼まれて、クラスの状況を、内密に知らせていたのかも……』

『有り得る……』、そう思うと、美佳は、何食わぬ顔で、何気なく振舞っていた長沢を、もう少し見直してあげてもよかったのではないかと思った。

それにしても不満が残る。それは、仮に美佳が、今日はこうした事がありました、と柴山に報告したとしても、彼は、そうかそんなことがあったかと、ただ聞くだけで、その問題を解決しようとか、問題を起こした生徒を呼んで話を聞いてやるとか、そのために、自分から何か行動を起こすことはまずなかったからである。

それでは、何のために自分から話を聞きだそうとするのか、けっきょく、彼女には、告げ口をしているだけ、といった後味の悪さだけが残るのだった。

## (七)

一学期も終わりに近づき、テスト前の理科の最後の授業という日、島中は教室に、大きな木箱を抱《かか》えて入ってきた。

「今日は実験を行う。明日のテストにも出るところだ」

言って、教卓越しに皆を眺めた。

「酸とアルカリの違いについて調べる実験だ」

実験と聞いて、皆の顔がパッと明るくなる。できたらこの一時間まるまる全部使ってくれればいいのにと思っている。

彼は、手垢《てあか》で汚れた白衣のポケットに両手を差し入れ、まっすぐに背筋を伸ばすと言った。

「酢、石鹸水、重曹《じゅうそう》、アルコール、いろんなもので試してみることにする。そしてアンモニアだ」

「アンモニアだとよ」「何でぇ?」「アンモニアだと」「冗談だろ」教室がざわついた。

「嫌だわ。誰か外の窓を開けてちょうだい。お願い」廊下側から、ふざけた男子生徒の声が飛んでくる。

「これらのどれが酸性かアルカリ性か、その違いを調べることにする」

運ぶ荷が多かったせいか、この日は、竹の棒の持ち合わせはないらしい。

「さて、これはリトマス試験紙といって、もともとはコケや地衣類《ちいるい》から採ったものだ。これに塩基《えんき》をかけると青色に、酸をかけると赤色に変化する。いいか、このどちらがどうか、その違いをしっかり覚えるんだ」

言って、もったいぶった様子で、クラスの中を見渡した。

「黒豆、ちょっと来い」島中の声が飛んだ。

一瞬、嘉一はビクリとした。戸惑った表情で周囲を見回すと、おずおずと席から立ち上がった。

島中は木箱の中から一本の試験管を取り出し、口を一方にひん曲げ、薄ら笑いを浮かべ

ると、

「これにお前のを採ってこい」

と、数人の男生徒がギャアアと声を上げて笑いだし、ノートで机を叩くもの、足踏みをするもの、机をガタガタ揺らすものやらで、教室内はいっぺんに大騒ぎになった。

「うるさい！　静かにしろ！」島中が怒鳴った。

「いいか、これは真面目な実験なんだぞ！　静かにしろ！」

だが、朝からの退屈な授業にいい加減うんざりしていた彼らは、言うことを聞こうとしない。そこここで勝手に騒ぎだした。

「何だ！　どうした！」「うるさい！　静かにしろ！」島中は再び大声で怒鳴った。

彼のこめかみの青筋が次第に膨《ふく》らみ浮き上がってきたと思うと、みるみるうちに顔が赤らんできた。そして辺りかまわず怒鳴りはじめた。その目は暗く、どんよりと沈みこむように見える。

いまにも教壇から駆け下りてきて、相手かまわず張り倒さんばかりの剣幕《けんまく》に、皆は呆然《ぼうぜん》とする。そしてこれは決して冗談などで言ったのではないと理解した。

教室は水を打ったように静かになった。皆、すっかり口をつぐんでしまった。

「黒豆、どうした、行け、早く行け！」彼は声を荒げて、嘉一を怒鳴る。

だが嘉一は動かない。小柄な体をいっぱいに強《こわ》ばらせて、その場に立っている。

と、動いたのは島中の方で、彼はいきなり大股で教壇を降りてくると、威圧的《いあつてき》な態度で嘉一の傍らに立った。

「早く行け！　これでは、お前のせいで授業ができん。それでいいと思っているのか！」

と嘉一を見据《みす》えて、

「いいか、このままでは皆が困ることになるんだぞ、わかっているのか」

と、ここでは皆を自分の側に取り込もうという魂胆《こんたん》なのか、阿《おもね》るような言い方になった。

しかし、嘉一は動かない。

「早く行け！　もし、行くのが嫌というなら……」と、嘉一の目の横で試験管を振って、

「なんなら、ここで採ってもいいぞ」と言った。

さすがにもう笑うものはいなかった。

彼は試験管を突き出し、戸口を指さすと、「行け！」と言った。

だが嘉一は動かない。

島中は嘉一の腕をぎゅっと掴《つか》んだ。殴られる、一瞬、皆はそう思った。が、彼は、そうはせず、力ずくで嘉一を戸口の方へ連れていこうとした。

その時、

「嫌だ！」教室の中に澄んだ声が響いた。

皆は驚いた。それが嘉一の声だとわかるまでに、数秒の時間が必要だった。なにしろ、嘉一が皆の前で、はっきり自分の意思や意見を言うのを、初めて聞いたように思ったからだ。

「おまえのせいで授業ができん。皆が困ることになるんだぞ、いいか、これは明日のテストに出るところだ」

けれども嘉一は動かない。

このままでは埒《らち》があかない、言うことを聞かせなければ却《かえ》って沽券《こけん》に関わる、というところか——島中は、彼の腕を掴むと、強引に戸口へ引きずりだした。

勢いよく戸を開け、彼を廊下に突き出すと、内から音が立つほど強く戸を閉めた。

閉めながら、

「戻るまでは授業はやらん」そう言った。

だが、そう言ってはみたものの、彼は生徒たちの反応に、いつもとは違うものを感じるようだった。思っていたほど、皆が自分に同調してこないという感覚だ。

そもそも島中は、嘉一が皆からも軽んじられていると思っている。だから彼など、いつだって自分の意のままになるという自信があった。たかが黒豆、と高を括《くく》っている様子だった。

（島中は、体育大会の時、クラスのために大奮闘《だいふんとう》した、あの嘉一の活躍を知らないのだ）

微妙《びみょう》にだが、自分のやり方を受け入れるクラスの雰囲気がいつもとは違うのだ。

僅《わず》かな間ではあったが、彼はその出所がどこなのか知ろうとした。

彼は机の間を落ち着かない様子で行ったり来たりした。

時計を見上げる。遅い。あれからゆうに十分は経っている。すでに授業時間の半分近くが過ぎている。

舌打ちをする。『いっそ、誰か迎えにやるか』

この時、廊下側の列の席から、一人、二人とかわるがわる頭を上げるものがいる。

何かと思って見ると、廊下の磨《す》りガラス越しになにやら黒いものが映っている。

彼ははっとし、弾かれたように戸口に向かっていった。戸を開けた。

案《あん》の定《じょう》、嘉一が立っている。試験管は空のまま。この待っていた十分間は何だったのか、彼は一瞬で理解した。

「行けと言ったはずだ！」「聞こえなかったのか！」

「行ったけど、転んで全部零《こぼ》してしまいました」嘉一は、言い訳がましく、言わずに済むことをしょぼしょぼ声で言った。

「嘘をつけ！」島中は怒鳴る。「皆の大事な時間を無駄にしたんだ、謝れ！」

「皆に謝れ。そうしたら今回だけは許してやる」

皆は何も言わない。黙ったままだ。

南側の窓から差し込む午後の日差しが、教室の半分ほどを照らし、それが皆の頭の上に細かな塵《ちり》を振りかけたように注いでいる。油気の抜けた床の柾目《まさめ》が、一段と明るく浮かび上がって見える。

「嫌だ！」

もう一度、嘉一の悲痛な声が響いた。

「チェッ！　糞《くつそ》も役に立たん奴だ。お前のような役立たずは、とっとと死んでしまえ。黒川だって？　川なんてそんな立派なものはいらん、黒豆、いや、黒だけで十分だ」

言って、嘉一の頭を一発殴《なぐ》った。

「よーし、黒豆がその気なら授業はここまでだ。いいか、実験ができなかったのは、このクラスだけだからな。黒豆のせいだ。テストに出るぞ、いいか、わからなかったら、黒豆を恨むんだな」

言って、壇上から皆を見下ろした。皆は頭を低くして聞いている。

廊下側の薄暗い所から、一人だけ頭を上げて、何か言いたそうに、まっすぐこちらを見ている生徒がいる。

『ほう、景山か。この俺に、何か文句があるというのか』

だが、改めて目を向けてみると、もう彼女の頭は、皆の中に紛《まぎ》れてわからなくなっていた。

「よし、黒豆がその気になったら、理科室に迎えに来い」

言い捨てると、道具はそのままに、憤然《ふんぜん》と教室を出ていった。

嘉一は自分の席に戻っていった。席に着くと、顔を隠すようにして、机に突っ伏した。それで彼が泣いているのかどうか、誰もわからなかった。

級長の野上のところに、五、六人の男子生徒が集まってくる。

「どうする？」彼らは言う。

「どうするって言ってもなあ、黒川が謝るというのもなあ。何もあいつが悪いわけじゃないし」

「なら、どうする？」「あと何分だ？」「あと十四分」「十四分かぁ」

彼らは顔を寄せ合い、ひそひそと話を始めた。

「いっそ、俺たちで謝ってこようか？」「何で俺たちさ？」

「原始人を怒らせたから」「おかしいや」「おかしいよ」

「でもな、もし仮に黒川が謝ったとして、原始人、許すと思うか？」「さあな？」

「いっそ担任に言った方がいいんじゃないか」

「さあ、それはどうかな。柴山、中に入って動いてくれるかな」「それは無理。変わりないしというところだね」「それより問題が大きくなって、却《かえ》って、黒川が困ることになるかもしれない」

「そう、相手は原始人だもの、な」

「やっぱ、俺たちだけで謝ってこよう、それがいいよ」

「職員室だっけ？　戻ったの」「いいや、理科室だよ」

「ははん、なるほどね」「何がなるほどなのさ」

「だって、今は授業中だろ。職員室に行けば、授業のない先生たちが残っているからね。変に思うだろ。ましてテスト前の授業だよ。だから戻るのは理科室さ」「なるほどね」

「でさ、黒川も連れていく？」「それは無理だよ」「そう、睨まれているものな」「俺たちだけで叱られてくればいいんだ、なに、形だけね」「そうそう、そういうこと」

「あと七分ちょっとだぜ。原始人、戻ってくると思うか？」「さあ、な」

野上は、黙って彼らの意見がまとまるのを待った。

やがて、話がまとまったらしく、彼らはばらばらと立ち上がった。

廊下の磨りガラスに、高さの不揃《ふぞろ》いの頭が、一列になって通り過ぎていくのが映った。

やがて戻ってきた級長は、教壇に上がると、

「自習になりました。これより各自、静かに自習してください」と声を張り上げた。それから、彼らは、実験道具を箱に戻すと、それを携《たずさ》え、再びドタドタと教室を出ていった。

# （八）

島中の言った実験の設問は確かにあった。そうしてそれは、クラスの多くが解答できなかった所でもあった。

数日後、テストが返される時になって、嘉一は島中に、何を言われるものか、されるものかとびくびくしていた。

ところが、いざ現れた島中はずいぶんと上機嫌《じょうきげん》で、先日の件はおくびにも出さない。それどころか、珍しく冗談などを言って皆を笑わせたりした。

それを見て、嘉一はとりあえずホッとする。それほど深刻に悩むほどのことでもなかったのかもかもしれないと思った。

だがどうして、これは島中が皆に向けたもう一つの顔であって、いざ答案用紙が返される段になると、嘉一は冷ややかな目で睨みつけられ、その様子からして、彼を許そうなどとは露《つゆ》ほども考えていないことがわかるのだった。

それどころか、嘉一がもっと堪《こた》えるようにと考えているようで、島中が皆の前で上機嫌で振る舞うのも、彼のそうした執念深《しゅうねんぶか》い計算の一つなのかもしれなかった。

女生徒たちが騒いでいる。一時間目が終わると、彼女たちは揃って、美佳の所にやって来た。長沢に出した手紙の返事が来たのだと言う。

内容は、住んでいる地域の特徴や気候、最近剣道を習い始めたこと（ここでいかにも彼らしいと笑いが起きる）、休日には自転車で遠出したとか、そうしたことがけっこう筆まめに綴《つづ》られていた。皆は顔を寄せ、目を輝かせ聞いていたが、そうでなかったのは尚美と美佳の二人だけ。

尚美は、彼女らより異性に対しずっと大人だったので、話に加わらなかったし、美佳は関心がなかった。

「美佳は読まないの？」「読まないよ」「どうして？」「べつに、意味なんかないよ」

「ねぇ、ちょっと、最後に景山さんによろしくだって」

「えっ、なんで美佳なの？」

「おかしいよ。ここはクラスの皆さんによろしく、と書くべきじゃない？」「そうだよねぇ」「そうだよ、おかしいよ、どうして？」「おかしい、おかしい」と騒いでいる。

長沢のことを考えると、自分の傍を、聞こえよがしに、『月に一度、赤いものが来るのは……』と言いながら通り過ぎていったことを思い出す。

『ほんと、嫌な奴。もう絶対に許さないから。女を馬鹿にして』

この手紙にしても、うかうかとあいつの手に乗ってはいけないと、あの時の決意が甦《よみがえ》る。

『彼からの手紙だって？　知ったことじゃないわ』

美佳は頬杖《ほおづえ》をついたまま、片方の手で教科書を引き寄せると、開いていた所から、パラパラとページをめくりだす。

皆は知らないことだが、あの理科の実験の授業以来、島中は、何かと美佳に質問するようになった。

それも誰かがすでに答えた後でも、

「どうだ、それでいいんだよな、景山」「なあ、景山、その答えでいいよな」などと、いちいち絡《から》む言い方をする。

そうされることに……美佳は心当たりがあった。

## （九）

夏休みに入ると、嘉一は、昨年同様、キエの勧《すす》めで一週間だけマルナカの水産加工場で働いた。

キエはそのバイト料の中から、彼のために安い釣竿を一本買った。残りはもちろん生活費の足しになる。

それを終えると、嘉一は例年通り、弟の哲を連れ、祖父の惣吉《そうきち》の家に昆布漁の手伝いに出かけていった。

夏休みが終わるまでの間、二人はそこで寝泊まりをしながら、漁の手伝いをするのだ。

祖父は一人暮らしだが、近くには嘉一の父の兄弟（彼らは遠洋の船の乗組員として遠出している）の家族が大勢いて、嘉一たちは彼らと一緒に、親類総出で昆布漁に当たるのだった。

昆布漁は朝が早い。夜明け前、三時半ともなると、祖父は仲間と共に、それぞれの磯船を操《あやつ》り、港を出ていく。

船が戻る前、皆は伯母の家で朝食を済ませ、急いで船着き場に迎えにいく。遠くに祖父の船が見えると、皆はいっせいに駆け寄り、積んできた昆布を携《たずさ》え、あるいは肩に担《かつ》いで、干し場へと運んでいった。

昆布は四、五メートルほどの長さがあり、濡《ぬ》れた昆布は思いの外《ほか》重い。皆は息を切らしながら、干場の斜面を駆け上がっていく。

砂や藻などの汚れを洗い落とし、丸い小石を敷き詰めた干場の上に次々と並べていく。嘉一は、同じ年の従兄弟の隆三《りゅうぞう》と、いつも競争しながら作業に当たる。日が高くなるまでが勝負だった。晴れた日には、そうして何百本もの昆布が、黒々と干場に広がっていった。

昼になると、皆は家の作業場へ移動し、すでに乾燥し終えている昆布を選り分け、整形し、袋詰めにする作業に当たる。

皮膚の弱い哲は、すぐに日焼けして赤く腫《は》れだすので、朝の戸外での作業は、外してもらうことになる。

朝の内、皆が浜で駆けずり回っている間、彼はお公家《くげ》さんのように家の奥にひっそり籠《こも》っている。昼過ぎる頃になって、兄の嘉一とは少しも似ていない、ひょろりとした体に大きな顔で、作業場にのっそり現れると、ようやく皆に加わって作業を始める。

哲は成績が良いのを見込まれて、毎年、袋詰めにされる昆布の目方を量り、それを調整する仕事が与えられていた。


磯船を陸に揚《あ》げ終えると、祖父の惣吉はまっすぐ作業小屋に向かった。水飲み場で蛇口をいっぱいに開け、口を漱《すす》ぎ、タオルで腕や顔を拭くと、皆の集まっている方にゆっくりと歩いていった。

皆は彼が座る場所を開けながら、気ままにその辺りに座りなおす。

「そろそろ嘉一も船に乗れる年だなあ」

傍にいた伯母たちは、ほらほら、まただよ、という具合に顔を見合わせて笑いだす。

「まだまだ無理だよなあ。もっと父さんみてえに身体ばでっかくしねえと、身体取られて海に落ちるのが関の山だぁ、なあ、嘉一」と嘉一の方を振り向いて、

「爺《じっ》ちゃん、な、早く、おめば、漁に一緒に連れていきたくているんだよ」と言う。

父親がまだ元気だった頃、嘉一たちは祖父と同居していた時期があった。嘉一も哲も祖父の家で生まれている。

数年間一緒に暮らしたので、惣吉は孫の中でも、特に嘉一を可愛く思うようだった。嘉一はどんな仕事も嫌がらずよく働いた。仕事を面倒に思ったり、苦にすることもなかった。だから、どこにいても重宝《ちょうほう》がられた。体を動かすのが好きらしく、働いている時の彼は、見ていても生き生きして楽しそうだった。哲のように面倒くさそうに働くこともなかった。

夏休みも終わりに近づき、明後日《みょうごにち》には家に戻らねばという日の朝、嘉一は突然、夏休みの宿題を何もしていないと言い出し、皆を呆《あき》れさせた。そういうことならば仕方がない、というわけで、その日の作業は外してもらえることになった。

皆がやれやれと溜息《ためいき》をつく中、もう一人それに追従《ついじゅう》するものが現れて、嘉一と隆三はその日、伯母の家で、朝から宿題をすることになった。

嘉一は、体を動かして働くことは得意だが、この方はいまいちだ。

二人は二階の居間に、卓袱台《ちゃぶだい》を出してくると、南を向いた窓をいっぱいに開け放った。まず新鮮な風を入れるところから始めようというわけだ。

だが、あいにく、外からの風はまるでない。

家を取り囲むように鬱蒼《うっそう》と茂る裏の神社の深い木立から、蝉がやかましく鳴き立てる。始めのうちは気分も新鮮で、二人は頭を並べ静かである。紙の上でせっせと動くのは、鉛筆と消しゴムだけ。

だが、日が高くなって気温も上がるにつれ、二人は気力が続かなくなり、だんだんとだれてくる。

途中、頭を掻きむしっては、暑い暑いと言って、冷たい板の間にひっくり返る。喉が渇《かわ》いたと言っては、しょっちゅう水を飲みに階下に降りていく。途中、開け放した踊り場の窓から顔を出し、暑さでげんなりと寝そべっている老犬の名を呼んで、尾を振らせてみたりした。

そのうち二人は、次第に要領《ようりょう》を掴んでくる。つまりは難しそうな設問は飛ばし、一人が書いた答えを互いに書き写すようなことを始める。この方がずっと効率《こうりつ》がよいことがわかった。

昼近くになっても、風はいっこうに吹く様子はなかった。木々の戦《そよ》ぎすら聞こえてこない。窓の外には、面のように凪《な》いで白く光る海の向こう、地平線の辺りに、下北半島の島影がうっすらと浮かんで見える。

「嘉っちゃん、宿題が済んだら、明日《あした》、釣りに行こうや」隆三が言いだした。

「明日？　明日って、宿題が終わったら、漁の仕事、手伝わなくちゃ」

「夏休み最後の日だぞ。大丈夫だ、今夜から雨になるって。な、明日、雨が上がってたら行くべ」

「どうしてわかる？」「そりゃあ、山にかかる雲とか、風の向きでさ。これでも漁師の子だぞ」

隆三が言ったとおりだった。その日、夜半《やはん》から降り出した雨は、翌朝にはすでに上がっていた。

雨が降ったので、その日の昆布漁は休みになった。伯母たちは、洗濯をしたり、掃除をしたりと作業場の周りを行ったり来たりしていた。

昼少し前、祖父の惣吉は作業小屋へ出かけ、網の補修作業を始めた。

そこに、ランニングシャツに紺色の半ズボンという格好の嘉一が、バケツと買ってもらったばかりの釣竿を手に、家から飛びだしてきた。

それに気づいた惣吉は、作業の手をいったん止め、網の上に手を置いて、彼を呼び止めた。

「一人で行ぐのか？」

「いいや、隆ちゃんと一緒」

惣吉は傍らの箱から補修用の木片を取り出しながら、ぶっきら棒にいった。

「今日はうねりが来てるかもしんねえから、泳ぐんでねえぞ」

嘉一は振り返る。そしてうっすら口を開けたまま、少しの間、探るように惣吉を見つめた。その時間が、惣吉には思いの外、長く感じられたので、嘉一が自分の話を聞き取れなかったのか、他に言いたいことがあるのかと思い、もう一度念を押して言おうとした。

が、そうする間もなく、嘉一は、

「隆ちゃんが待っている」

自分の釣竿を指さすと、くるりと向きを変え、船着き場目指して勢いよく駆けだしていった。

それが惣吉の見た、元気な嘉一の最後の姿だった。

あの時、探るように見つめた彼の無垢《むく》な目が、そこだけ切り離されたように、いつまでも惣吉の脳裏に張り付いて残った。二人が見つめ合ったあの時間を思い返すと、彼は、なんとも、時間を超越《ちょうえつ》した、不思議な時空《じくう》の中にいたような気になるのだった。

「俺がもっとあの時、強く引き留めるべきだったんだ」彼はそう言って、いつまでもその時のことを悔やんだ。

その日、嘉一は隆三と二人で、彼の言う穴場へ出かけていった。

真昼なうえ、波も高く釣果《ちょうか》はさっぱりだった。しばらく粘ってはみたものの、

「今日は駄目だ。帰ろう」隆三が言い出した。何しろ気が向けば、いつだって釣りができるので諦めも早い。が、嘉一にとっては、ここでの最後の夏休みの日だった。明後日にはもう学校が始まる。

「もう少しいる」と、腰を上げない。

すると、隆三は末っ子の気楽さで、「母さんに頼まれた用があるから」と、嘉一を残してさっさと家に帰ってしまった。

その後、どうして嘉一が泳ぐ気になったのか。岩場には、靴と釣竿が並んで残されていた。（バケツは風で飛ばされたのかどこにもなかった）

高波に飲まれたのかもしれない、このぐらいの波なら、と海に入ったものの、（あの泳ぎの上手な子が）足をつらせたのかもしれない、数時間後、嘉一が海底に沈んでいるのが

発見されたとき、皆はそう言い合った。

嘉一が死んだという知らせは、翌日の朝早く、警察から学校に届いた。

知らせを受けた柴山は、すぐに嘉一の家に向かった。

夏場のことだからと、葬儀《そうぎ》は急ぐことになり、その日の夜ということになった。

柴山はその足で学校に戻ると、学校側の対応を話し合い、葬儀には担任、級長、副級長の三名が参列することになった。

野上の家に連絡すると、母親が出て、「少々お待ちください」と、長い間待たされた後、出てきたのは母親の方で、言いづらそうにでもなく、

「実は、あいにく今日は塾に行く日でして……。それも塾で志望校を決める大事な試験があるそうで、どうしても外せないのだそうです」とやんわり断られた。

同級生の葬儀より塾のテストを選んだ、というわけだが、景山は出席するという返事だったので、学校側の体面は一応保てた格好になった。

柴山と美佳は、電車の停留場で落ち会うことにした。柴山は自転車で、彼女は電車でやって来た。

柴山が着くと、彼女はすでに待っていて、かなりのショックを受けたらしく、硬く暗い表情でいた。

柴山は自転車を降りると、彼女を促して歩きだした。

「十日ほど前から、お祖父さんの家に行っていたそうだ」

「一人で泳いでいたらしい。海底に沈んでいるのを発見されたそうだ」

歩を進めるごとに、彼の自転車は、キィキィと金属をこすり合わせるような、耳障《ざわ》りな音を立てる。

歩きながら、美佳は、いつも皆の邪魔《じゃま》にならないようにと、遠慮がちにおどおどしていた黒川の姿を思い浮かべ、彼の人生、ほんのわずか、何かの掛け違いが生まれただけで、たったそれだけで、彼の一生のすべてが、これほど簡単に終わってしまうのかと、暗い気持ちになった。

「今夜は遅くなるだろうから、帰りは家まで送っていくから」

キィキィと耳障りな音のする中、彼は言っている。

二人は鉄路の延びる、夏草の茂る広い草原を歩いた。

『校区とはいえ、黒川君は、ずいぶん遠くから学校に通っていたのだ』美佳は驚く。

それなのに、学校では苛めに遇うし、彼には何か学校で楽しいことがあったのだろうかと考えた。

『そうそう、体育大会では、黒川君の活躍で、リレーで一位を取ったんだよね』

『島中先生か……。あの学期末の理科の授業、あれはやっぱりやり過ぎだったよ。私ね、あの時、先生にそう言いたかったの。でも、お陰であれから私まで、先生に目を付けられることになったよ。黒川君は知らないでしょうけど、あれから先生は、私になんだかんだと絡んでくるようになったよ。なぜって、あの時、あなたの肩を持ったから。私はあんなことを言う先生の方が絶対間違っていると思って、あなたに味方したかったの。でも、死んでしまうなんて。私が味方しようとした意味が全然なくなったよ』

『この様子では、二学期も三学期も、島中先生は、ずっと私に絡んでくると思うよ』

彼女は深い溜息をついた。

「夏休みの宿題は済んだのか？」傍らから柴山が声を掛けてきた。

「いいえ、まだ少し残っています」

帰ったら、それを済ませるつもりでいる、とは言いだせなかった。今の彼女は、何につけ、黒川の死の重さを量《はか》る気持ちが働いている。そんな私的な些細《ささい》なことと比べて、彼の死を軽く扱えないと思うからだ。

「そうか……」

柴山は言い、二人はまた黙って歩く。

草原の向こうに、日が沈んでいく。夕映《ゆうば》えの中に一つ、二つと星が瞬《また》きだした。東の空に白い大きな月が浮かんでいる。


やがて二人は、小路に立つこぢんまりとした家に着いた。

戸口が開け放たれ、人の出入りが激しい。

六十ワットの裸電球が一個、屋内を薄暗く照らしている。奥から線香の匂いがした。

柴山が嘉一の担任だと告げると、二人は奥へ案内された。

勧められるまま、美佳は次の間に入った。

六畳の和室の中央に、白い布を被せた小机があり、そこに燭台《しょくだい》や香炉などが載《の》っている。

『黒川君は？　どこ？　棺《ひつぎ》は？』そこにそれらしいものは見当たらない。

部屋の中央に、白い布を被せた大きな木桶が置かれていた。

『えっ？　あれが黒川君が入っているお棺《かん》なの？』桶《おけ》など、この時代（昭和三十年代）でも珍しかった。

小机の斜め後ろに、中年の女性と二人の子供、老人が座っている。女の子は、顔の特徴から黒川の妹だとすぐにわかった。

柴山が、「副級長の景山美佳さんです。今日はクラスを代表してきてもらいました」と美佳を紹介する。

中年の女性は、軽く頭を下げただけ。

頭髪を三分刈りにした若い僧侶が、息を弾ませやって来ると、弔問客《ちょうもんきゃく》の間を抜けて、奥の間に入っていった。小机の前で裾を大きく払う動作で座ると、遺族に向かって深々と頭を下げた。

経が読まれる。

（十）

キエは一点を見つめたまま、呆《ほう》けた顔でいた。彼女は、嘉一が死んだことがまだ信じられずにいた。

『嘉一が死んだだって？　そりゃ、嘘だろ』『そんなことがあるもんか』

それなら、惣吉に抱かれて桶に納められたのは、あれは誰だったのか。そうして目の前のこのざわついた光景はいったい何なのか。

『あれはさ、嘉一なんかじゃなかったよ。あれはさ……』

嘉一がいなくなったなんて信じられない。

『あの子はいつだって、私を助けて働いてくれたよ。小さい時から文句の一つも言わずにさ。子供だもの、友達とも遊びたかっただろうにな』

昨夜から一睡《いっすい》もしていない。

『嘉一がいない。そんなことってあるだろうか』

そう思うと、これからどうしたらいいのか不安に襲《おそ》われる。

知らず知らずのうちに、嘉一に頼っていた自分に気がつく。

『涙だって出やしないよ』

天井を見上げ、何度も溜息をついた。

傍らでは、哲が先ほどから手首にはめた輪ゴムを引っ張ったり、広げたりしている。

『何だって、こんな時に』怒りがこみ上げてきて、彼女はその手にぴしゃりと平手打ちを飛ばした。哲は、目を丸くして、慌《あわ》てて手を引っ込めた。

だが、彼女の怒りはそれだけでは収まらなかった。さらに増幅すると、隣にいた惣吉にも及んでいった。

『なぜもっと強く、引き留めてくれなかったんだい。えっ、何だって言うのさ、長いこと漁師をしているくせしてさ。かわいい孫を死なせてしまって、まったくの大馬鹿もんというもんだよ』

僧侶が帰ると、続いて、数人の弔問客が帰り始めた。

キエはそれをぼんやりした顔で見送っている。

通路を開けて、向かい座にいる客人たちが、てんでに交差したり、重なり合ったりして動くその先に、キエは一人ぽつんと座っている少女に目を留めた。

『副級長とか言ってたね。勉強ができるんだ。ふん、あの教師もそうだろうが、そんなもんで人の値打ちを決めるんだよ、あいつらは。なに、今日だって、たぶん、お義理で来てるんだろうさ』

『いいところのお嬢ちゃんなんだろうね。何の苦労も知らない、さ』

脇から誰かが、菓子でも勧めたようで、少女はそれを丁寧《ていねい》に断っている。

『お口に合わないんだろうよ。安菓子は』

キエは彼女をじっと見つめる。

『そうさね、あの子には、これから先もいいことがたくさんあるんだろうよ』『いいねえ、幸せだねぇ、何の苦労もなくてさ』

『それなのに、うちの嘉一は、これからってものが、まるっきりなくなってしまったんだよ。わかるかい、何もかもまるっきりなんだよ』

彼女は、胸苦しさを覚える。嘉一のいないことを考えると、どうしたらいいのか、頭が真っ白になる。

『なあ、これからどうしたら、いいんだい、嘉一や……』

なぜ自分だけが、いつもこんな目に遭うのだろう。

彼女は吐息《といき》をつく。

『もう、どうにもなんねえ……な』

すると、なんだか、ここにあるすべてのものが茶番に見えだした。

人の動く様子、話し声。なんで皆、我が物顔で他人の家の中を歩き回っているのだろう。

『誰が本気で嘉一の死を悼《いた》んでいるのか。坊さんだって、今日、何番目かの仕事を終えた顔で帰っていったよ。誰も本当に、嘉一のことなんかわかっちゃいないんだよ』

キエは大声で叫びたくなる。『嘉一を……、嘉一が……』

すると、またしても彼女の目に、あの少女が映り込む。

『大事に育てられて、何の苦労も知らないんだろうさ』

小さな漁師町に生まれ、十五歳で口減《くちべ》らしのため、家を追い出されるように働きに出された彼女には、何の心配事もなく、幸せに暮らす人間を見るのは、どうにも向かっ腹の立つことだった。

『いったい、私たちと、どこが違うというんだい。えっ、おんなじはずだろうが』

彼女は思い詰めた様子で、長い間じっと俯《うつむ》いていた。

（十一）

やがてキエは何か思いついたとみえ、ついと立ち上がると、まだ弔問客の残る板の間の方へ歩いていった。

美佳の所までやって来ると、身をすり寄せるようにして傍らに座った。

「今日は遠いところ、わざわざ来てくれてありがとうね」と言った。

美佳は首を振って神妙に頭を下げる。

「こんなことになってしまって……」

と奥の間を振り返ると、猫なで声になって囁《ささや》いた。

「あのね、お願いがあるの。ね、最後に一目、嘉一に会ってやって」

美佳の顔に、一瞬、脅《おび》えた表情が浮かんだ。目を大きく開けると、不安そうにキエを見つめた。

そして彼女の目の奥に、挑《いど》みかかるような強い光が宿っているのに気がつくと、気押《きお》されたように下を向いた。

「どうして？　会って、一言、お別れを言ってやって」

言われて、美佳は辺りを見回した。

どうやらその声が聞こえたのは、周りの二、三人だけ。だがその声は、確かに隣にいる柴山先生の耳にも届いていたはず、美佳は思った。

彼女は死について考えるのが恐ろしい。死後の世界がどんなものか、その時自分はどうなっているのか、考えれば、とても恐ろしいことに思えるのだ。

別れを言うこと自体、何も難しいことではなかった。だが、ついこの間まで一緒にいた友達の死んだ姿を見ることなど、とても恐ろしくてできそうになかった。

だから、……そのあたりを誤解されないように……と美佳なりにできるだけ気を使ったつもりで、そっと首を振る。

「おや、どうしてだい？」キエがしわがれ声で言っている。

気分を悪くしたようで、目が据《すわ》っている。どうやら、彼女の気遣《きづか》いはキエには通じず、無駄な骨折りでしかなかったようだ。

美佳の曖昧《あいまい》な態度に、腹が立ったのか、キエは今度は皆に聞こえるほどの大声になって言った。

「ねえ、会ってやってよ、あの子にさ、ねえ、そうしてやってよ」

そうして立ち上がると、いきなり美佳の腕を掴《つか》んで、奥の部屋に連れていこうとした。

「嫌、怖いから行かない」

「どうして？　最後に一言、お別れぐらい言ってくれたっていいじゃないか。そのために来てくれたんだろ。それとも、何かい？……そうしろと言われたから、しかたなく来たのかい？……」

言うと、強引に美佳を引き摺《ず》りだした。日頃、重いものを持ち慣れているキエである。美佳などひとたまりもなく、そのままずるずると引き摺られていった。

美佳の脳裏に黒川の顔が浮かんだ。冷ややかな顔に、ぞっとするほどの暗い目をしている。

「嫌！　怖いから行かない！」美佳は大声を上げる。

手を振りほどこうにも相手は全くの馬鹿力だった。

部屋と部屋の間に柱があった。彼女は、これだ、とばかりそれに飛びついた。

そして思った。『こんなに嫌だと言っているのに、どうして、誰も止めてくれないの？』

だが、ここで美佳は、このごたごたを一遍に解決してくれる、ぴったりの人物がいることに気がついた。

『そうだ、柴山先生がいる。先生は一番近くで話を聞いていたのだもの、事情はわかっている。きっとなんとかしてくれる』

柱にしがみついたまま柴山を探す。すぐに、皆から頭一つ飛びだした彼の大柄な姿が目に入った。

　ほっとする。

　ところが、なのだ――その時、美佳が目にしたのは、何も見ていない、何も気づいていないとばかり、じっと下を向いたままでいる彼の姿だった。

　だが、そうしていたのは何も彼ばかりではなかった。

　居合わせた者が皆、見て見ぬ振りで、誰もキエを止めようとしないのだ。

　愕然《がくぜん》とした。

『皆はともかく、先生まで……』裏切られた思いだ。

『学校では、毎日、クラスで何があったか先生に報告してきたじゃない、頼むというから嫌だけど協力してきたのに。それなのに、先生は、私が困っているときには、全然助けてくれないんだ』

　この時、美佳は、ここには自分の味方になってくれる人は誰もいない、自分の身は自分で守るしかないのだ、とはっきりわかった。

　腹を決めた。美佳はしがみついていた手に一層力を込めると、大声で叫んだ。

「嫌だ！　行かない！　怖いから行かない！」「黒川君の死んだ姿なんて、見たくない！

だって、可哀想……」

自分の姿がひどく無様《ぶざま》に思えた。だが、こうなっては形振《なりふ》りなど構《かま》ってはいられない。人にどう思われたって構わないと思った。

キエは相変わらずの馬鹿力で、美佳を引き摺っていこうとする。

板の間から畳に乗りかかると、美佳の身体は、畳の目に沿って滑《すべ》るように進んだ。

「さあ、会って！　嘉一に会ってやって！」

キエは桶に近づくと、美佳を押さえつけたまま、空いた方の手で覆《おお》っていた白い布を払い、勢いよく蓋《ふた》を除《の》けた。

蓋はそのままくるくると回転していって、正面の壁にぶつかり止まった。

異臭がしてくる。

子供の頃、潮干狩りで採ってきた子蟹《がに》や貝類が、翌日になると死臭を放って死んでいる、あの腐《くさ》ったような潮の臭いだ。

けっきょくは自分が中を見さえしなければいいのだ、美佳は決めて、手足を突っ張らせて抵抗する。

桶がずるずると後退しだした。さすがに桶を倒されては困るとみえ、キエの手がいったん止まる。

が、次の瞬間、キエは、美佳の指を毟《むし》り取るようにして、突然、足払いをかけてきた。

美佳とキエは畳の上で、しばらくは取っ組み合いでもする格好になった。

キエは泣いていた。

「何でうちの子が死ななきゃいけないんだよォ！　何であんただけ生きているんだよォ！」

叫ぶと、美佳の首根っこを掴んで、えいっとばかり桶の中に押し込んだ。

「えっ！　えっ！　嘉一じゃなくてなぁ、な、あんたが、あんたが死にゃあよかったんだよォ！」

……唖然《あぜん》とした。この人は頭がおかしくなっている。

『なのに、なぜ誰も止めてくれないの？』

『こうなったら、決して桶の中は見ない、目だって開けたりなんかするもんか』

もはや、キエの目には美佳しか映っていないようだった。ギラギラした目で美佳を見据《みす》えると、次に彼女が何をするのかと待ち構え、それを潰《つぶ》してやろうとすることしか、考えていないようだった。

美佳の後頭部にガツンと強い衝撃《しょうげき》が来た。

思わず美佳は、目を開けてしまう。

そこで……鼻に触れんばかりの所に……目にしたものは、――坊主刈りの髪の毛一本一本が針のように突き立った頭、折れ曲がった首、顔は紫とも土色ともつかぬバンバンに膨《ふく》れ上がった黒光りする肉の塊《かたまり》だった。


桶の中には、白と黄の菊の花が詰められていた。

そこからまたなんともいえない強烈な悪臭が上ってくる。

今度こそ本当に吐《は》くだろう、美佳は思った。

この時、ようやく年配の客が止めに入ってくれ、美佳は両脇を抱えられる格好で、桶から引き離され、席に戻された。

長い間、ぼうっとしていた。ここに来たことを後悔していた。

『来る義理なんかなかった。クラスから誰も葬儀に出なければ黒川君が可哀想だ、と思うこともなかった』

『人間、真面目にしていると馬鹿をみる、自分も野上君のように断ればよかったのだ。そうすればこんな目に遭わずにすんだもの』

『小母さんは知らないんだ。黒川君は苛めに遭いそうになると、いつも私の所に来てたんだ。私が苛める彼らを注意するから』

『小母さんは知らないんだ。私はいつだって黒川君の味方でいたんだ』

それを知っていたら、こんなことはしなかったはずだ。『彼が死んだからと言って、私に当たるのは間違いだ』彼女は思った。

## （十二）

自転車を押しながら、柴山と美佳は無言で歩いた。

来る時には東の空の下辺にあった月は、もうだいぶ高みに登っていた。

人家の途絶えた、人影のない広い草原を行く。

遠くで、列車が来るのを知らせる警報器《けいほうき》が鳴りだした。それが柴山の押す自転車の軋む音と重なる。

美佳は、島中先生が黒川に、「何の役にも立たない奴だ、お前なんか死んでしまえ」と言ったことを思い出した。

『あの時、先生はみんなの手前、腹立ち紛《まぎ》れで言ったのだろうけど、教師として、絶対言ってはいけない言葉だったと思う』

『黒川君、おとなしいから何も言わなかったけど、すごく悔しかったと思う』

『その後だって、黒川君に、まだ生きていたのかとか、まだ死ななかったのかとか、その顔でよく平気で学校に来れるものだとか言ってたんだもの』

『もし、それを言われたのが自分だったら……』と考え、『えっ！』

ドキリとした。『まさか……』

『黒川君、あなた、まさか、それを苦にして死のうと思ったわけじゃないわよね』

明日から二学期が始まる。彼にしてみれば、またあの重苦しい学校生活が始まるのだ。

『それはないよね。違うよね』

あの時のことを、黒川君の母親が知ったなら、当たるのは私じゃなく、島中先生の方にだろうと思うのだった。

やがて二人は、最初に待ち合わせた電停の所までやって来た。

電車通りに面してはいるが、街の外れにあるこの辺りの商店の多くは、早々と雨戸やシャッターを下ろして人影もなく、深夜のように静まり返っていた。

足元を生温かな湿った風が吹き抜けていく。街路灯の周りには、大小さまざまな蛾が飛び回り、照らされた下草が鮮やかな緑色を見せている。

突然、柴山が自転車を止めると言った。

「ここからは一人で帰れるか？」

美佳は驚いて顔を上げる。

黒川の家を出た後、柴山と言葉を交わしたのはこれがはじめてだった。気がつけば、二人はここまでずっと無言で歩いていた。

『来る時は、家まで送っていくと言ってくれたのに、なぜ？』

『さっきの私の無様な姿に、愛想《あいそ》をつかした？　見損《みそこ》なったと思った？（なにしろ、自分は、学校を代表して来ていたのだから。私を連れてきて、かえって、恥をかいたと思ったのかも）』

『でも、あれは仕方ないことだ。だって本当に怖かったのだもの。けれど、先生は、私があれほど嫌だと言っているのに、なぜ止めてくれなかったのだろう。こんなに嫌がっているのだから、そこは勘弁《かんべん》してやってくださいとか、もし私が先生の立場だったら言えたことだと思う』

柴山は黙っている。前方に視線を投げかけたまま、じっと返事を待つようだった。

『送っていきたくないのだ、送っていくのが嫌なのだ』美佳は思った。

彼女の方から先に返事を言わざるを得ないよう、無言の圧力をかけるようだった。

「はい」仕方なく答える。

家まで、電車で四区間ある。家を出るとき、母親が電車賃を持たせてくれた。だが、こんなに遅くては、その電車も来るかどうかもわからない。けっきょくは、歩くことになるだろう。

「そうか、じゃあ、気をつけて行けよ」柴山は言った。

黒川の家を出てから、彼は一度も目を合わせようとしなかった。

そうして、そのままくるりと向きを変えると、一度もこちらを振り返ることなく去っていった。

『そんなに嫌がらなくてもいいじゃない。私はいつだって先生に協力してきたのに……。さっきだって、先生ぐらい味方でいてくれたってよかったのに』

それにしても、今日はいろいろなことがありすぎた。とても疲れた。

家路を急ぐ。

電車通りは、人通りもなくひっそりとしていた。

黒川の死んだ姿が浮かんでくる。あの小さかった身体が、倍にも膨れ上がっていた。

そしてあの黒川の母親の狂ったような姿。おそらく自分は、あの光景を一生忘れることはないだろう。

家で待つ母親を思った。もし仮に、私が死んだら、母もまた、あんなふうに人目もはばからず取り乱すのだろうか。

見ず知らずのたくさんの大人たちに囲まれて、自分は良く頑張ったと思う。

そして今日のことで身に沁《し》みてわかったことは、子供だからと言って、大人を当てにしたり、甘えたりしてはいけないということだ。誰も進んで他人のことを守ったりしてはくれないということだ。柴山先生もしかり。

そして大人という人間が、皆が皆、分別《ふんべつ》があり、正しい行いをするものだと信じていたのは、自分の勝手な思い込みだったとも思うのだった。

明日から二学期が始まる。島中先生は、また色々な機会に自分に絡んでくるだろう。それも、誰にも気づかれないよう、ねちねちと執念深《しゅうねんぶか》く。そう、たぶん、私があの学校にいる間はずっと。

そしてもし、それが解消される時があるとすれば、たぶん先生が、自分の優位性《ゆういせい》をはっきり私に認めさせた、と思った時なのだろう。

自分はそのことに何の拘泥《こうでい》も持っていないのに、向こうの勝手な思い込みに振り回されるようだ。

こうした人間関係を思うと、何だかやりきれない気持ちになる。気が塞《ふさ》いでくる。

そうしてこのままこの流れに流されていっては、この複雑な人間関係に否応《いやおう》無《な》しに引きずり込まれ、いずれは仕掛けた側の思いどおりになってしまう、そんなふうに思えた。

これではいけない。彼女は深く息を吸い込む。

どんな時だって、自分を見失って生きるのは嫌だと思う。

だが、この複雑な人間間のしがらみの中、どうやって自分を見失わずにいられるのかと問われると、それがどうにもわからない。

どうすれば、どうすれば……、彼女は長いこと考えつづける。

そしてとうとう、これはという解決の糸口を見つける。

『そう、なにも改まって考えることはないのだ、この私自身が、私が強くありさえすればいいことなのだ』

そう思うと、なぜか、胸の奥に、コトンと共鳴《きょうめい》するものを感じた。

『そう、だって、私にはこれからという未来があるのだもの』

「負けない！　そう、こんなことで負けてたまるもんか！」

『そう、島中先生にだって負けない。黒川君、あなたのことだって忘れさせたりしないよ』

『そう、自分さえ強くあれば、いつかきっと、解決への道が開けるというもの……』

彼女は頭を上げる。そしてまっすぐ前方へ目を凝《こ》らすと、足を速め、ついには家に向かって全速力で駆けだした。

月は、いつの間にか、彼女の後方へと回り、その空の高みから皓皓《こうこう》と輝いて、地表の万物《ばんぶつ》を穏やかに滑らかに照らし続けている。

これって、どっち？

大学を卒業して三年目の若い国語教師の向山絵里《むかいやまえり》は、或る日曜の朝、突然、自宅に、見知らぬ男の訪問を受けた。

男の年の頃は五十二、三といったところ。

誰だろう、まったく見ず知らずの人物である。

ふっくらと丸顔の、中肉中背《ちゅうにくちゅうぜい》で、人のよさそうな顔をしている。

生徒の父兄だろうか、それとも……、と彼女は頭を巡らす。

グレイ系の三つ揃《ぞろ》いのスーツ、頭は、理髪店からまっすぐここへ足を向けたというようにポマードで塗《ぬ》り固め、ピカピカの明るめの茶の革靴を履き、僅《わず》かにオーデコロンの香りをさせ、すっかりめかしこんで、狭い家の玄関に窮屈《きゅうくつ》そうに立っている。

ぴしっと服装を決め込んできたつもりなのだろうが、彼女の目からは、やはり当世の若者とは違って、全体どこか緩《ゆる》んだ印象は否めない。

「お忙しいところ、突然、お伺いしまして」

言い終えると、目を上げて、ほんのりと微笑《ほほえ》んで見せた。

案外、この安普請《やすぶしん》の家構えを見て、緊張が解け、落ち着きを取り戻していたのかもしれない。

「申し遅れましたが、わたくしはこういうものです」

言うと、内ポケットに手を入れ、名刺を探り当てると、彼女に向かって差し出した。

［丸善運輸《まるぜんうんゆ》株式会社　営業課長　杉山治久］とある。

だが、名乗られても、彼女はわからない。いったい誰であるか見当もつかない。会社名を言われても、自分とどこでどう繋《つな》がっているものやら。

怪訝《けげん》な顔でいる。

向こうも、それはそうと心得顔《こころえがお》で、

「いやいや、おわかりにならないのもご無理ありませんな」

などと言っている。

「実は、わたくしは杉山達也の父親でして」

言って、彼女を正面から見つめている。恰《あたか》も二つ目のヒントを出したような顔でいる。

だが、彼女はいまだ誰なのかまったくわからずにいる。

「いや、おわかりにならないのもご無理ありません。なにしろ、もうかれこれ十年も昔の話ですから」

そして、

「ええっと」と、話の取っ掛かりを探すようにして彼は言った。

「覚えておいででしょうか。私の息子は杉山達也と言いまして、港中学の二年の時、貴女《あなた》様と同じ学年で同じクラスにいたわけです。それも、隣同士の席だったそうで……」

『十年前、中学の時……』

言われると、そんな男生徒がいたように思った。当時の記憶が少し甦《よみがえ》った気がした。

『それで……?』彼女は彼について思い出そうとする。

物静かな生徒だった。隣同士だったからといって、特別話をしたこともない。細長い首に形のいい頭がのっかっていて、うつむき加減にぼそぼそと話す生徒だった。

その間、杉山の父親と名乗る男は、顔を上げては、いちいち彼女の反応を確かめるようなことをしている。

どうやらわかったらしいぞ、男の顔にそんな表情が浮かぶ。

『で、尋《たず》ねてこられたそのご用件というのは……』

彼が何者かわかっても、その用件というのが何か、まるでわからない。

彼女は訝《いぶか》しげに男を眺めた。

見つめられて、彼は、更《さら》に先を急ぐようにして口を開く。

「今は中学校の教師をされておられるそうですな」

「はあ、今は旭中学に居ります」

「ははあ、なるほど」

「音楽か何か、教えていらっしゃる……？」

「いえ、国語を教えております」

「ははあ、なるほど、なるほど」と言葉を切った。

いったん、男の視線が外《はず》れて、彼女の肩越しに奥の間に向けられた。

「どうでしょう、おあがりになりませんか。ここで話すのもなんですから。お茶でも……」

彼女が言うと、男は慌《あわ》てて手を振ってみせた。

「いえいえ、結構です。ここでもう充分ですので」

家の前の道路を、一台の青塗りのセダンが走り去った。まき散らしたガソリンの臭いが、わずかに開いた戸口の隙間から入りこんでくる。

それから男は――自分はなぜここに来ているのか――気持ちに押されるように話し出した。

「それがですね、実はなんです。あの子は……ですね。あの後《あと》、ここの高校を卒業いたしまして、東京の短大へ行きました。今は小規模ではありますが、ある金属の製品を作る会社に就職《しゅうしょく》しまして、まあ、元気でやっているというわけです」

「どうやら向こうでの生活は、あの子の性《しょう》に合っているとみえ、ここに帰ってくることも、めったになくなりました。社長さんという方にも一度お会いしましたが、いい方でしてね。親としてはありがたい限りで、安心しておる次第です」

「で、ですね、このたび、息子に縁談《えんだん》の話が持ち上がりましてね」

探るような上目遣《うわめづか》いで、

「それがまた、何だって驚いたことに、息子が言うには、そのお相手というのが、お世話になっている、社長の一人娘さんだというじゃないですか」

男は言って、もう一度彼女をじーっと見つめた。

そう、だから何だというのだ。

「こちらとしては、何の文句もありません。こんなありがたい話は、またとあるものではなし。私も家内も、息子の幸運を、素直に喜んでおる次第であります」

彼はなんとなく誇らしげだったが、彼女は妙な気分だった。

『それが私と何の関係があるのか』

「これで、あの子もすっかり東京に住むことになるだろう、そう思うと、どこの親御さんも一緒なのでしょうが、妙にセンチメンタルな気分になりましてねぇ、久しぶりに、二階の息子の部屋に足を踏み入れてみたのですよ。家内は、あの子がいつ戻ってもいいようにと、出ていった後も、部屋の中は手を付けず、そのままにしておるんです」

「息子の学習机の椅子に座り、しばらくは、ああ、あの子はこの窓からいつもこの景色を見ていたんだなあとか、あの子とこんなことをしたものだなあとか、来《き》し方を振り返っていたものです。あの頃は、ただただ時間に追われ、突っ走っていたものですが、こうして過ぎ去ってみると、家族にとって、かけがえのない、いい時代だったなあと気づかされたものです」

「そのうち、何の気なしに、引き出しなどを開けて、なあに、中を見たからといって、あの子に知られるはずもなし、なにせ、いまさらのことじゃないですか。それに、大事なものは向こうに持っていっているでしょうから。残されたがらくた、まあ、あの子にとってはそうでもないのでしょうが……」

「その時、私は、机の一番上の平らな引出しの一番底に、白いきれいな角封筒が置かれているのに気がついたのです」

彼は言って、ちらりと彼女に目をくれた。

「おや、これは何だろう、——中を開けてみると、そこに貴女様からの年賀状が一枚だけ入っている。それも、さも大事そうに化粧紙《けしょうがみ》に包まれて、です。いやまあ、その住所に変わりがなかったので、助かりました。迷わずここにこうして来れましたもの」

「それはそうと、私はその時考えたものです。これがここにこうしてある意味をね。ひょっとしたらあの子は、貴女様のことが好きだったんじゃないかとね」

「いえいえ、お気になさることはありませんよ。誰にでもある青春の一頁ですもの」

言って、つくづくと彼女を見つめた。彼女も見つめ返した。

男は余裕のある顔でいる。

「で、ですね。今日お邪魔《じゃま》した用件というのは、そのう、何です、先にも申しましたが、このたび、あの子は向こうの社長さんに見込まれまして、社長のお嬢さんと結婚することになったわけです。それでお願いがあってこうして参った次第ですが、親としては、どうか、あの子から身を引いていただきたい、どうか、あの子の幸せを遠くから見守っていただきたいということなのであります」

言って、探るように彼女を見つめてきた。

「ということで、お願いします。あの子のことはどうかこれっきり諦《あきら》めていただきたい、というのがこちらの正直な気持ちなのです」

諦めるもなにも、彼女はこの申し入れに、ひどく驚かされていた。

「よろしく頼みます。それと、私がここにこうして訪ねてきたことは、なにぶん、あの子には内密に、ということで」

それだけ言うと、男は深々と頭を下げ、くるりと向きを変えると、満足した晴れやかな顔つきで、足取りも軽く帰っていった。

男が帰った後、彼女はぼんやりと立ったまま考えた。

「年賀状？　私が出した……？」

だが、彼女には覚えがなかった。

思い出さない。けれども、ここをこうして訪ねてきたからには、年賀状の件は、間違いということではないらしい。

そして、彼女がようやく思い出したのは——

二年生の冬のことだ。その秋、転校していった、クラスの人気者だった男子生徒に、女子が全員で年賀状を出そうということになった。が、いざその時になると、彼女はなんだか出すのがどうでもよくなってきたのだ。

年賀状が一枚余った。無駄《むだ》にしたくなかった。

彼女は、隣にいた杉山達也に訊いてみた。

「ねえ、私、年賀状を出したら、貴方も書く？」

「いいよ、書いたって」

「そう、それなら出すね。だから、貴方もちゃんと出してね」

押しつけがましくそう言ったのだ。

『それをまだ持っていたなんて……』呆れたように呟《つぶや》いた。

『本人だって、もう出したことさえ忘れているかもしれないのに』

わざわざ訪ねてきて言うほどのことだろうか。嫌味《いやみ》にとれば、まだ独身でいた彼女には、自分の息子は、もうこの年で早々と結婚することができたのだよと、あてつけがましく、自慢されているようにも聞こえるほどだ。

どうにも気持ちがくすぶるようで、浮かない気分になった。

これがせめて、男が帰る前に、年賀状を出したいきさつを思い出していれば、もっと冷静に対応できたものを。あんなに一方的に、相手のペースに巻き込まれずに済んだのに。なんとも後味《あとあじ》の悪い思いが残った。

男の訪問を受けた時、彼女は外で草花に水をやっている最中だった。慌てて家に入ったものだから、玄関先にまだバケツをそのまま置き忘れていたことを思い出した。

そのうえ、バケツには、半分破れた柄杓《ひしゃく》が突っ込んであったので、杉山某《なにがし》が、それに気づかず帰ったとは到底《とうてい》考えられなかった。

よりによってこんな時に限って、あの破れた柄杓を出しておくなんて。

何でもないごく普通の一日のはずであったのに、この訪問のおかげで、あれやこれや煩《わずら》わさ

れ、気がくさくさする。

一方的に相手のいい様に振る舞わせ、帰らせたことで、どうにも釈然《しゃくぜん》としない気持ちが残った。

なんだってこんなことで、わざわざ訪ねてくる必要があるのか。

でも、隣同士の席だったなんて、それは彼が年賀状を見つけた後で、改めて息子本人に尋ねてみなければわからないことだよね。

彼女は名刺を手にしばらく考えていたが、やがて立ち上がると、名刺はそのまま下駄箱の上に置くと、水を撒《ま》くため再び外に出ていった。


なんで十年も経った今になって、こんなことでわざわざ正装までして訪ねてくる必要があったのか。身を引いてほしい、と言っていたが、(社長の娘との縁談の話の真偽は別として)こちらと息子の間にまだ脈があるのか、もしそうならば、この際、息子のため、一肌脱いでやろうと(これって、親の偏愛というものじゃないのか)、こちらの腹を探りに来たのではないのだろうね。まさかとは思うけれどね。

はて、さて、これってどっちが本当のこと?

# ピアノ弾くお化け

湊《みなと》中学校の二年二組の教室の片隅で、五人の男子生徒が集まって話をしている。

午後の休み時間のことである。

酒屋の息子の勇一《ゆういち》、燃料店を営む家の毅《つよし》、サラリーマン家庭の潤《じゅん》、菓子店の息子の伸二《しんじ》、それに一人傍らに立って相槌《あいづち》を打っているのが、父が郵便局員の拓也《たくや》といった顔ぶれだ。

「あのさ、ここの学校にお化けが出るって話、知ってるか?」

言いだしたのは勇一。上背《うわぜい》のある体格のいい子である。

「お化け? お化けだって? 何、それ」

鼻でせせら笑うようにして言ったのはスポーツ万能の毅。彼もまた勇一に負けないほど大柄な子である。

「知らないのか? それって、有名な話だよなぁ」

言って勇一は、隣にいる伸二に相槌を求める。伸二は、勇一とは反対に、小柄でせっかちなところがある。小学校時代から、いつも勇一にちょこまかとくっついて行動している。

だが、伸二からの返事はない。

その話を知っているのは、たぶん勇一と潤の二人だけ。それも潤は、なんとなく聞いたことがある、程度のことである。

「知らないよなぁ、何、それ？」毅が言う。

「昔から、この学校で言い伝えられてきてるんだと」

「へっ！　それって初耳だよ」

「へええ、知らないのか」

「だって、この世にお化けなんかいるわけ、ないじゃん」と伸二。

「そうだよ」言ったのは拓也。ほっそりした顔に柔らかな髪が印象的だ。

「俺は兄貴から聞いたんだ。この学校ではかなり有名な話らしいぜ」と、勇一は続ける。

「へええ、で、それってどんなお化けなのさ？　顔無しとか、一つ目とか……」

「それがさ、女のお化けなんだって」

「女？　女……誰か見たってか？」拓也が訊いた。

「そりゃあさ、女の方が断然いいや。考えてもみろ、男のお化けだなんて、なんだかしょぼいもんな」毅が言う。

「それもそうだな」と潤。「なんか薄汚れた感じがするよな」

「出るのは決まって女子の更衣室。それも皆が帰った夜中にだって言うんだ。しかも、たいていが文化祭の前日だっていうんだ」

「なんで文化祭なの？　文化祭と関係があるの？」伸二が訊いた。

「それなら、ちょうど今頃ってこと？」

「知らない。そんなふうにずっと言われ続けてきてるんだ」

「ふーん、女子の更衣室かァ」潤が言う。

彼らは女子の更衣室に、入ったことはない。言うならば、禁断《きんだん》の場所である。同じ学校内でも、彼らには立ち入り禁止の場所なのである。

湊中学校は百年以上もの歴史のある学校だった。二階建ての古いコンクリート校舎のあちらこちらには、生徒たちが勝手に立ち入ってはいけない場所や、謎《なぞ》めいた部屋がいくつかあった。（主に補修工事の必要な部屋とか、長い間鍵がかかったままの、使途不明の部屋などがそれである）

そのため、普段からそれを目にしていた生徒たちの間では、自然発生的に、ひそかにお化けの話ができ上がったり、囁《ささや》かれたりしていたのかもしれなかった。

生徒たちがその周辺、むやみに立ち入ってはいけないといわれている場所は、校舎の中ばかりではなく、外にもあった。

それは校舎の北側に、校舎から三メートルほど離れた雑草地に、外からはわからないが、マンホールより少し大きめの穴が開いている場所があるのだった。現在は、上に厚い頑丈《がんじょう》な木製の蓋《ふた》が被せられ、その上には盛土がされている。

その下には、底の見えないほどの深い穴が開いていて、それは排水溝でも、井戸の跡でもないのだった。

それが何か、知っている人たちは父母や卒業生の間でも意外に少ない。昔は安全上、教師たちの間で伝達されてきてはいたものの、いつの頃からか、それもすっかり忘れ去られてしまった呈《てい》である。今の生徒たちの中には、それが何か知っている者はいなくなってしまっている。

それが何であるか――それは、時は、第二次世界大戦が行われていた頃まで遡《さかのぼ》り、当時掘られた防空壕《ぼうくうごう》の跡なのだそうで、これが地中を伝って、出入り口になっている女子の更衣室まで続いているのだそうだ。学校の内と外をつなぐ避難《ひなん》通路になっていたというわけだ。

この地中二十メートルほどもの長い距離を、延々とよく掘り進んだものだと、感心するばかりだが、当時は地域住民や生徒たちを守るため、必死で掘られたのだろうと想像する。

今はこの平穏な時世の中で使われることもなく、すでに無用の廃物《はいぶつ》となっているが、ただ、中に落ちるなど事故が起きないように、穴の上には重く厚い蓋が載《の》せられている。ほとんどの生徒はそこが何か知らないまま卒業していく。外観上、すでに見慣れてしまっているせいか、何の不思議も違和感も感じていないようだった。

だが、どのみち、そこは人もあまり通らない場所で、踏まれなさそうな柔らかな場所を選んで、シロツメクサやらタンポポなどが咲き、月に何度かバーキュウムカーが乗り入れて、汲み取り作業が行われていくというぐらいのものだった。

それが、なのである。二、三日前の台風の後、穴を覆《おお》っていた土砂が一気に崩《くず》れ、蓋が外れると、何かにぶつかりでもしたのだろうか、その蓋が真っ二つに割れてしまったのだった。

その半分が穴に引っ掛かり、いまにも落ちそうになっている。

それを見つけたのは、文化祭前々日の大掃除に、外回りのごみ拾いに当たっていた、勇一と四人の仲間たちだった。

彼らは、誰かが知らずにそこに落ち、怪我をしては大変と、大急ぎで職員室に駆け込んで、担任である立石景子《たていしけいこ》先生に報告したのだった。

「先生、大変だぞ。校舎の裏に、変な穴が開いているぞ。先生なら、きっと面白がると思うから、皆で迎えに来たんだ」

「地面にぽっかり穴が開いているんだ」

「えっ、本当?」

「本当だってば、来てみて」

「地面に、こんなでっかい穴が開いているんだ」

「蓋がしてあったみたいなんだけど、壊《こわ》れちまってる」

「あら、どうしてかしら?」先生は言って、「一昨日《おととい》の台風で壊れたのかしら?」と呑気《のんき》に首を傾《かし》げている。

「いいからさ、先生、早く来てみてよ、嘘《うそ》じゃないから。本当に穴が開いているんだから」

「けっこう大きい穴だよ」

「蓋が被せてあったみたいなんだけど、二つに割れちまっているんだ」

立石先生は皆にせかされながら、外靴に履《は》き替えると、案内され外に出ていった。

先生の後ろから、五人の仲間がぞろぞろとついて、校舎の裏手へと回った。

「先生、でもあれさぁ、何の穴？　なんで、あんなところに穴なんか開いているんだ？」

「井戸の跡か？」

「さあ？　何だろう。下は下水管にでも繋《つな》がって、汚水でも流しているんじゃないの」

先生は言った。皆は、ふうんといった顔をしている。

すると、勇一が思い出したように言った。

「先生、俺たち、この学校にお化けが出るって話聞いたんだけど、それって本当のことだと思う？」

「そんな話、聞いたことあるねぇ」

「ほら見ろ、先生も聞いているんだってさ。まんざら嘘の話でもないだろ」

「でさ、先生は実際、お化けを見たの？」

「お化けねぇ、それがねぇ、見たといえば、そうかもしれないし……」

明らかに彼らの顔に、驚きの表情が浮かぶ。

「だいぶ前のことだけど、遅くなった部活の生徒を帰した後、女子の更衣室で……」

彼らは無言のまま、まん丸い目をして、固唾《かたず》を呑んで先生を見つめている。(ほら、やっぱり女子の更衣室だってよ)

「やっぱり、女のお化けだった?」「やっぱり、文化祭の前の日?」

「う~ん、そうだねー、白いカーテンがただ揺れただけだったかもしれないし、気のせいだったかもしれないし」

先に立って歩いていた拓也が地面を指差して言った。

「この穴だよ、先生」

皆は穴を囲むようにして中を覗いた。真っ暗である。

「これがそのお化けの出入り口なの?」伸二が訊く。

「まさかね」立石先生はそう答えると、体をかがめてさらに中を覗き込んだ。

「あらまあ、ほんとだ。蓋が途中で引っかかっている。これは駄目だねぇ。教頭先生に言って、急いで直してもらわなきゃいけないねぇ」

そして「この辺りで遊んじゃだめだよ。危ないからね」そう言い置くと、そのまま校舎の方へ向かっていった。

戻る途中、先生は、先ほどの、丸い目をして驚いていた五人の顔を思い出して、含み笑いをした。

(『まあるい目をした、いい子だよ……』こう口ずさみながら……)

その後ろ姿を見送っていた勇一が、

「ほら、聞いただろ。やっぱり先生はお化けを見てるんだよ」

「だとしたら、よくなんともない風にしていれるなぁ」

「見たといえばそうかもしれないし、そうでなかったのかも、だってさ」

こんな時の皆の受け取り方は、見たという方にずしりと重さがかかっている。

「ちっとも動じないぞ。すんげぇ腹が据《す》わっているよなあ」

「怖いもの知らずだ」

「でもさ、いつどんな風に見たのか、会ったのか、そこんとこもう少し詳しく聞いとけばよかったよなぁ」毅がちょっと残念そうに付け加えた。

翌日、この学校にお化けが出るという噂は、いっそう現実味を帯びて、一部の生徒たちの間で、まことしやかに広まっていった。

立石先生が出くわしたという話から、数年前、一人で女子更衣室に入った女生徒が、閉じ込められて出られなくなった、という話から、いろいろ尾ひれがついて、独り歩きしだした。

はじめ、その話を言いふらしたのは、もちろん勇一たちであったが、彼らも大真面目で言っているので、教師たちも無闇《むやみ》やたらに注意するわけにはいかなかった。

例の穴には、さっそくその日の午後に、用務員さんが急場凌《きゅうばしの》ぎに用意した仮の蓋が載せられた。

翌日は文化祭の前日。

勇一たちは、教室内の展示の作業を終え、他の二年生のクラスに順次偵察《ていさつ》に行って戻ってくると、後は別段することもなくなり、教室の隅に積み上げた机や椅子に、思い思いの格好で腰かけている。

「なぁ、三年生のお化け屋敷、行ってみたか？」潤が言い出した。

「へぇ、どこ？　三年の何組？」「四組だってよ」「四組って？」

「ええとさ、職員室側の階段を上がっていって、四番目の教室」

「もうやっているの？」伸二が落ち着かなそうに訊いた。

「今はまだ準備中だよ」「でも、もう教室の前にすんごい人だかりができていた」「段ボールとかさ、いろんな道具、どっさり運んでた」

「今行ったって、入れてなんかくれないよ」と潤。

「でもさあ、それって偽物のお化けだよな」「うん。ちょろいよな」「てんで子供騙《だま》しというもんだよ」

「俺たちが話しているのは正真正銘、本物のお化けのことだもの」

するど、それまで黙って聞いていた毅が、身を乗りだして言った。

「でさ、どうだ？　そのお化けとやらが、本当にいるかどうか、俺たちで探検しに行かないか」

「えっ？　う～ん、だって、どうせいやしないや。うまく出会えるなんて確率、ぜんぜん低いし……」

「でもさ、もし本当にいたら、どうするのさ」

「本当にいるのかいないのか……、でも立石先生は見たって言ってたよな」と拓也。

「だからさ、それが本当なものかどうか、一度、確かめてみる必要があるのさ」毅が言う。

「そうだな。こっちの方が、本物の肝試《きもだめ》しだよな」

「うん」「そうだよ」

「で、そうとなったら、いつやることにするのさ?」

「うーん、今考えてたんだけど、今は文化祭の用意で、少しぐらい帰るのが遅くなっても目立たないし、注意されたりなんかしないしさ」「うん」

「出るのが、だいたい文化祭の前日だって言うし……」

「だからさ、今晩やるってのはどうだ、な、それしかないよ」

「今晩だって?」「えっ、今晩?」

「だって、あとやれるチャンスと言ったら、もうほかにないぞ」毅は語調を強めて言った。

「それもそうだな」

「どこかにさ、暗くなるまで隠れていて、夜になったら活動開始といこう、それならどうだ」

「どこに隠れるのさ」

「男子更衣室だな。いったんあそこに隠れたらどうだ?」

「ふうん、なるほど。それがいいや」

というわけで、その日の夕刻、五人はそれぞれ家で食事を済ませると、何食わぬ顔で、再び学校に戻ってきた。

すでに多くの生徒たちは帰ってしまい、明かりを落とした薄暗い廊下には、放送室や新聞部や印刷室の部屋から黄色い明かりが漏《も》れ、ぼんやりとさし交わされているだけだ。

彼らはなにげない風を装い、暗い廊下を歩いていって、男子更衣室に潜《もぐ》り込んだ。

校内には、まだ教師や部活の生徒たちが残っていたが、皆忙しそうに仕事をしているので、彼らの動きに気づいた者はいなかった。

そこはまんまとうまく入り込んだ。

「今、何時頃?」「七時か、七時半くらいだよ」

「まだ二時間近くもあるのかぁ」

五人は、男子更衣室でなら教師に見つかってもたいして叱られないと思うせいか、割合呑気に過ごしている。

一時間ぐらいもして、

「もう、そろそろいい頃だ」毅が言いだして、彼らはそっとドアを開ける。

周囲に目を配り、一列になって、そろそろと体育館の壇《だん》の裾《すそ》を回って、女子更衣室のドアを開け、慎重に忍びこんだ。

中はそれまでの汗臭さとは違い、何となく居心地がいい。

「やっぱり女子の部屋だな」勇一が言うが、誰も返事をしない。ここで見つかったらもう言い訳ができないといった緊張感が、彼らの言動を制限しているのだ。

することなしに、じっと待った。

ところが、ところがなのである。それからものの二十分もたたないうちに、更衣室の外で、急にがやがやと騒ぐ人の声や、足音がしてきたのである。しかもそれが二、三人という数ではない。もっとたくさんの人数なのである。

彼らは急に不安になる。

「何の騒ぎ?」「どうした?」「早く明かりを消して!」「しっ！　静かに」

「見つかった?」彼らは部屋の隅に身を寄せ合って固まっている。

「俺たちを探してる?」「だってここに来るまで、誰にも見られなかったじゃん」

「じゃあ、何の騒ぎだ?」「そんなこと、知るもんか」

ともかく五人は、息を殺して、声がしなくなるのをじっと待ち続けた。だが、その声は、それからも延々と三十分以上も続いたところで、ようやく静まったのだった。

どうやら何事もなく、声の主らは去ったようだ。五人はホッと胸をなでおろす。それが、教師たちが、明日の文化祭の合唱コンクールで使うピアノを、体育館に運び入れていた騒ぎだったとは、彼らは知るはずもなかった。

彼らが去ると、辺りはすっかり静まり返ってしまった。もう何の物音もしなくなった。

それはそれで、また不安である。

再び明かりをつける。が、接触《せっしょく》が悪いのか、明かりはついたり消えたりを繰り返す。「おい、なんだ、この明かり」

伸二がドアを細く開けて外の様子を窺《うかが》う。だが、そこはただただ暗闇が広がるばかり。

さすがに少少気味が悪い。

「ウオッ！　ウオッ！」突然、闇に向かって伸二が吼《ほ》えだす。

「えっ？　なに？　どうしたのさ？」

「ほら、こうすると、声がずいぶん向こうまで響いて聞こえるんだ」

「びっくりさせるなよ」

「よけいなことはするな！」拓也が言った。

「でも伸二の言うとおりだよ。ほら、声がさ、向こうまで響《ひび》いていくよ。やってみたことなかったなぁ」

風が強くなってきた。ひゅうひゅうと体育館を巡《めぐ》って回る音が、彼らの耳にもはっきり聞こえてくる。

「出るかなぁ〜、お化け」

「どうかなぁ」

「真っ暗になったもの。出るならもうそろそろという頃だよ」

「どこからか、もうこっちを見ているかもしれないぞ」

少し経つと、更衣室のドアがギ、ギ、ギと音を立てた。

「今の、何の音?」伸二が目をぱちくりさせて言った。

「今、ドアがさ、動かなかったか?」「さあ、でも、鳴ったよな」「ナニ、何もないのに勝手に動くもんかい」

「おい、気味が悪いから、そこ、しっかり閉めておけよ。明かりはちゃんと消したよな」

勇一が言うと、ドアは再びギ、ギ、ギと鳴りだし、いきなりバタン、と音を立てて閉まった。

「おい! 何だ!」「し、閉まった?」「どうして?」皆はドキリとする。

「誰も触ってないぞ」「触ってない？」「ひ、ひとりでに閉まった？」

「誰も触らないのに？　ひとりでに？　そんなことってあるもんか！」

「だって、本当にひとりでに閉まった」

「なんだか怖《こえ》え」

やがて閉めていたはずのドアが、カタカタ、カタカタと小刻《こきざ》みに鳴り出した。カタカタ、ミシミシ。ミシミシ、カタカタ。

何度かに一度は、いっそう強くガタガタと音を立てる。

「なんだ、この音？」

「お、お化け、お化けが来ているんだ」と伸二。

「お前、けっこうストレートな言い方をするな」「だって……、さ」

「どうする？」「どうするって、もさ」「でも、どうする？」

海沿いに立つ湊中学校は、いつも風が強く吹き当たる。夜になると、また風向きが変わって、昼とは反対の風が吹きだすのである。

これまではそうしたこともなかったのだが、それが三日前の台風で、あの防空壕の出入り口の蓋が壊れたため、用務員さんが急遽《きゅうきょ》、仮の蓋を用意したのがいけなかった。誰も落ちたりしないようにと、とりあえずその場しのぎに被せた蓋である。以前に比べるとずいぶんと軽かった。そのため、風が強く吹きつけるたび、蓋が浮き上がって、そこを抜けてきた風が、出口である女子更衣室のドアをガタガタ鳴らしていたのだ。

だが、もちろん、勇一たちはそんなことを知るはずもない。何か他に、得体の知れない謎めいた力が働いているのではないかと思っている。

するとその時、突然、ガタンという音とともに、ドアが勝手に開きだしたのである。

「怖《こえ》え、怖え」言って潤は、前にいた誰かの服にしがみついた。

と、暗闇の中、目を凝《こ》らしていた拓也と毅が、声を揃えて、

「おい、あれは何だ」と言うのである。

皆は顔を並べて闇の中に目を凝らす。

すると、体育館の奥の出入り口の方に、白っぽい丸い光がぼんやりと浮かんで見えるのである。しかもその光は、ある時から、ふわりふわりと宙を漂うようにして、館内を移動し始めたのである。

「何だ、何だ？」「えっ？」「あ、あれさ」「あれだべ」「み、見てるって」「えっ？　え〜っ？」

「あ、あれって、もしかしたら、ひ、人魂《ひとだま》なんじゃねえの？」「人魂？って」

「あっ、人魂知らねえの？」

「死んじまった人の魂が、身体から抜けたやつ」「あれって魂なの？」「火の玉のことか？」

「で、人魂って何するんだ？」「知らねぇ、知らねぇけど、怖ぇ」

するると、人魂は突然、九十度向きを変えたと思うと、どうしたことかこちらに向かって、ふわふわと近づいてきたのだ。

「出たっ！」「こっちに来るぞ！」

まるで彼らの声を聞きつけ、呼ばれたかのようにである。

「怖えって！」「怖え、怖え」

彼らは、慌てふためいて大騒ぎである。

「閉めろ！　閉めろって！　ドアを閉めろ。気づかれないよう、そっとだ、そっと」

「開かないように、がっしり押さえてろ」

「しっ！　音を立てるな！」「気づかれるぞ」「手を離すな！」五人は戸口の傍の部屋の隅で息を殺し、くっつきあってガタガタ震えながら、人魂が通り過ぎていくのを待った。

『ふうむ、何かおかしいな』、教頭先生は首を傾げる。体育館の中がなんとなくいつもとは違う雰囲気なのである。どこかに誰かが潜んででもいるような気配がするのだ。

『おかしいな、誰かいるのかな』

この日、最後の巡回《じゅんかい》に回っていた教頭先生は、不思議な思いで、持っていた懐中電灯を、一層高くかざしてみた。

『やはり何か妙だな』それもなんとなくなのである。『風が強いせいだろうか……』

『気のせいかもしれんな』思いながらも、その足で、体育館の奥にある男子更衣室の方へ歩いていった。

ときに、どうしたまわりあわせか、ここに粋《いき》な演出が加えられたのだった。

男子更衣室の点検を終えた先生は、壇の裾をぐるりと回って、反対側の女子更衣室へと向かっていった。すると、そこに、音楽室のピアノが運びこまれている。

『ほほう、ピアノか……』先生はそう感慨深《かんがいぶか》げに呟《つぶや》くと、向きを変え、ゆっくりとピアノの方へ歩いていった。

教頭先生はもともとは音楽の教師である。ピアノを弾くことなど、お手の物である。が、今は理科の教科を教えている。それが社会科だった時もある。それは一校の教師の数が限られていたために、教師たちは、免許を持たない教科でも受け持たなければならなかったからである。その頃はどこの学校でもそうしたやりくりがされていた。

先生は立ち止まって、二、三度とピアノを撫《な》でてみた。忙しさにかまけて、もう五、六年近くも本格的に弾いたことはなかった。

が、こうしてピアノに触れていると、さんざ苦労をして練習を積んだり、楽譜を覚えたりしていた若かりし青春時代が思い出されてくる。

『そうだなぁ……、あの頃は覚えるのにずいぶん苦労したものだったなぁ』

当時は、発表会のため、演奏会のため、教員採用試験のためと、ずいぶん必死で練習を積んだものだった。

『そうだなぁ……あの頃覚えた楽曲を、今でも忘れずにちゃんと弾けるものだろうか』

と、ふと、考えた。

そして、どうせ試しに弾いてみるのなら、さらに自分に負荷《ふか》をかけてみようかと思い、

『はてさて、この暗闇の中でも、はたしてうまく弾けるものかしらん……』

そこで先生は、ピアノの蓋を開けると、重々しく椅子に腰をおろした。それから懐中電灯を消す。四方真っ暗闇である。

聴衆はなし。しかし暗闇の中に、先生は、満場の客を、彼らの拍手喝《かっ》さいを想像してみ

る。

それから試しに音を取ってみる。案外滑《なめ》らかに指が動くのに自分でも驚いた。

『ほう、忘れていないぞ。昔とった杵柄《きねづか》だな』

すっかり気をよくした先生は、背筋を伸ばすと、まず、ショパンのポロネーズ《英雄》を高らかに弾き始めた。

と、突然、背後の女子更衣室のドアが、バタンと開いたかと思うと、

「ギャアアア！」「で、で、出たア！」「お、お化けだぁ！　お化けが出たぁ！」

「お、お化けがピアノ弾いたぁ！」

数人が一塊《ひとかたまり》になってどたばたと飛びだしてくると、そんな声を残して、教頭先生の脇を転がるように逃げていったのだった。

翌日の文化祭当日。

朝、勇一の母親から、立石先生に一本の電話がかかってきた。

「先生、昨日、学校で何かあったのですか？　昨日、息子が真っ青な顔で帰ってくると、布団を被ったままガタガタ震えているんです。何があったのか聞いてみても……、それが

馬鹿なことを言い出しまして……。学校にお化けが出たって言うんです。それがまた、そのお化けが、暗闇の中でピアノを弾いたって言うんです」

「これから学校に行かせます。朝から、学校に行きたくないと、子供みたいに駄々《だだ》を捏《こ》ねておりまして」

ともかく五人は揃って学校にやって来た。青ざめた虚《うつ》ろな顔で職員室に並んでいる。

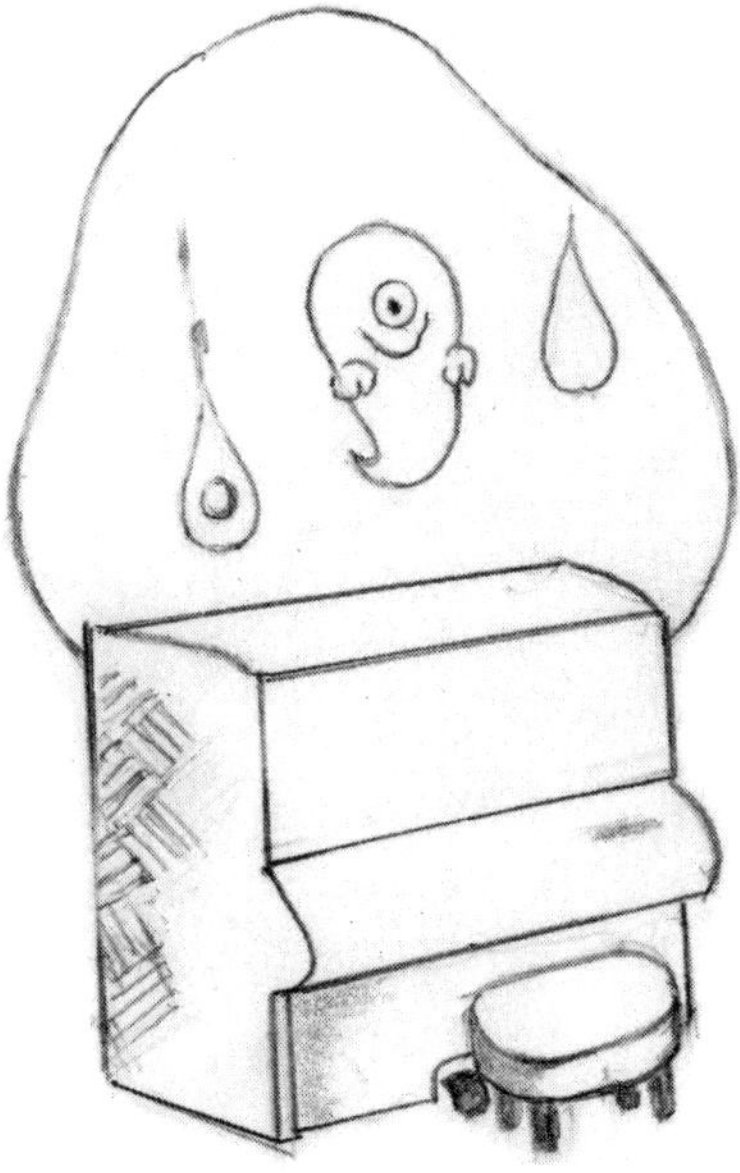

「勇一のお母さんから、電話があったんだよ。なに？　昨日、学校でお化けを見たんだって？」

皆、俯《うつむ》き加減に足元を見つめている。誰が最初に口を切るか、互いに様子を窺《うかが》っているようだ。

「あのさ、先生」拓也が最初に口を開いた。

「俺たち、この学校にお化けが出るって聞いたから、それも文化祭の前日に出るって聞いたから、本当かどうか確かめようと思ったんだ」

何日か前、先生は、この子たちとそんな話を交わしていたことを思い出した。

伸二が言う。

「先生も見たって言っていたよね。だから、肝試しというか、本当かどうか、確かめようということになったんだ」

「でさ、放課後、皆で一度帰ってから、もう一度来たんだ」

「先生も言ってたよね？　女子更衣室。あの辺りで出たって聞いたから、そこで待ち伏せしていたんだ」

「女子更衣室？　入ったの？」「うん」

「規則違反だよ」「うん」

「そしたら、夜になって暗くなったら、更衣室のドアが、ひとりでにガタガタ鳴りだしたんだ」「ガタガタ、ガタガタって、こう」潤が音を真似て体を揺すって見せた。

「何だ？　と思って、毅が思いきってドアを開けると、だあれもいないんだ。で、もう一度ドアを閉めてじっとしていると、またガタガタ鳴りだして、今度はいきなりひとりでに、バタン、って開いたんだ」「皆でがっちり抑《おさ》えていたんだ」

「それで俺たち、気味が悪くなって、こちらを見られないようにって、明かりを消したんだ」

「もう真っ暗だよ」

「そうしたら、体育館の出入り口の方で、白い丸い光りがぼんやりと浮かんだんだ」

「ふうん、それで？」

「毅がさぁ、あれは人魂じゃないかと言い出したもんで、俺たち、怖くなって、泡くってドアを閉めようとしたんだ」

「そしたらドアが勝手に動き出してさ、こう、バタン、って閉まったんだ」

「誰も触っちゃいなかったんだ、ひとりでにだよ」

「ひとりでに開いたり、閉まったりしたんだ」

「本当？」「本当だってば、先生」

「で、伸二と潤とでドアを抑えたんだ。でも、ガタガタ鳴る音は全然止まらないんだ」

「今にもバタンって、開くんじゃないかって」「怖かった」

「そしたら……、なあ」勇一は、仲間に同意を求めた。

「突然、ピアノがバーンって鳴り出したんだ」

「ピアノ？」「うん」

「それもポンポン指先で叩くような音じゃないんだ。何かクラシックのような長い曲を、すんげえ上手に弾くんだ。真っ暗なのに、どうして鍵盤《けんばん》が見えるんだ？」

「ふうん、それは驚くねえ」

立石先生の反応はいまいち薄い。お化けなんて少しも怖くはない、という顔をしている。

勇一の母親からの電話は、すでに教頭先生へと伝えられている。

「それなら、昨日は、教頭先生が一番最後に学校を出られたから、何か変わったことはなかったか、直接聞いてみるといいよ」

彼らは、なるほどといった、少しほっとした表情を浮かべた。互いに突っつき促《うなが》しあうと、（ちょっとばかり敷居の高い）教頭先生の所へぞろぞろと歩いていった。

強ばった顔のまま、勇一が質問する。

「先生、先生は昨日、一番最後に学校を出ましたか？」

この質問で、教頭先生は、昨晩、「お化けーっ！」と叫んで自分の脇を転がるように逃げていったのが、この五人なのだとピンときた。

「そうだけれど、それがどうした？」と、とぼけてみせる。

そして、それよりも、そんな遅くまで学校にいては規則違反になるので、注意しておかなくてはいけないと考えている。

毅が不安そうに尋ねる。

「何か見なかったですか？　誰かに会いませんでしたか？　体育館で……」

「何か見た？　何のことだ？」

「更衣室のドアが勝手に開いたり、閉まったり、とか」

「べつに……何もなかったね。いつも通りだったよ」

皆の顔に、まさか、と言った驚きの表情が浮かぶ。

すると、それまでじっと聞いていた潤が、勢い込んで、

「あのう、先生、先生はピアノが弾けますか？」（いい質問だった）

「ピアノ？　何を言っているんだ。だって先生は理科の先生だぞ。四月の着任式の時、皆の前でそう紹介があっただろう？　ピアノなんか弾けるはずがないだろうが」

それを聞くと、五人の顔に、ガーンと厚壁に跳ね返されたような驚きの表情が浮かん

だ。顔がいっそう青ざめて、わずかに震えているように見える。

「それがどうした？　何でピアノの話なんか出てくるんだ？」

「いや、いいんです。何のこと、ありません、です」

毅がとんちんかんに答えて、皆は足取りも重く、しょんぼりと職員室を出ていった。まるで、胡瓜《きゆうり》の蔓《つる》に瓢箪《ひようたん》が成ったとでも言いたげな、解《げ》せない顔で。

その後ろ姿を黙って見送っていた教頭先生は、回転椅子を回して、立石先生の方を振り返ると、

「ちょっと、薬が効き過ぎましたかねぇ」

言って、アハハハと笑った。

それから二日後には、防空壕の穴には、以前より重い頑丈な蓋が被せられた。そのため夜になって、たとえあの時のように、台風並みの強風が吹くことがあっても、そこから吹き込む風が、女子更衣室のドアを押したり鳴らしたりすることはもう無く

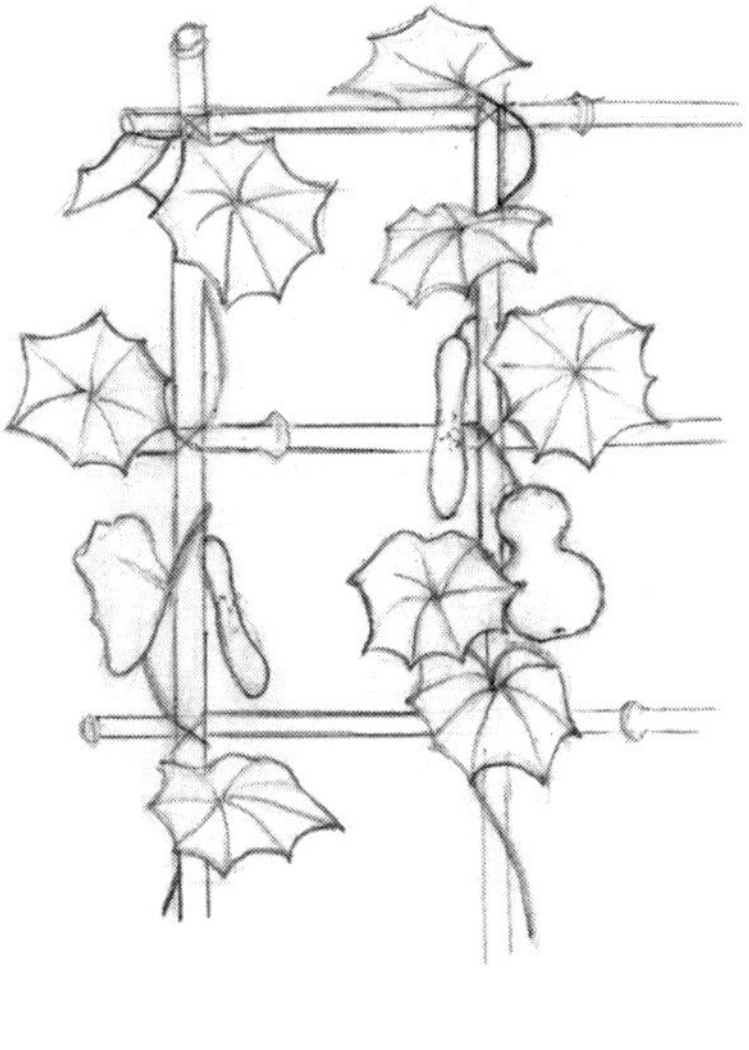

なった。

かりに、彼ら五人の話を信じて、誰かが女子更衣室に入り込んで確かめようと試みたところで、同じ体験をすることは、もう二度とできなくなってしまったのである。たとえ勇一たちが、どんなに本気度マックスに、これは本当のことだと、皆に話して聞かせたとしても。

そのため、学校にお化けが出るという噂《うわさ》は、またそれっきり、宙に浮いたままになってしまった。

それから一年半後、彼らはお化けの正体を知らないまま、湊中学校を卒業していったのである。

# 市井《しせい》の人々——（傍観者もしくは物見高い人々）

風が吹くと、そのあたり暖められた空気が撹拌《かくはん》され、吹き溜《ふだ》まりに残った、細かな馬糞《ばふん》の繊維《せんい》を空中高く舞い上げた。

茶トラの野良猫が一匹、思わせぶりに、ゆっくり板塀の上を歩いていって、バス通りの薬局の角を曲がって裏手へと消えた。

昼下がりとはいえ、春先の風はまだ冷たい。風が吹きつけるたび、道行く人々は、首をすくめ、息をつめて歩いた。

バス通りに面した、子供相手の駄菓子屋《だがしや》の店先で、小さな事故が起きた。

事故というのは、十一、二歳ほどの少年の乗った自転車が、突然、店から飛びだしてきた、五歳くらいの女の子とぶつかりそうになったところから始まった。

いや、実際のところは、双方ぶつかっていたのかもしれない。だが、誰もその瞬間を見ていなかったし、当の本人たちでさえ、驚きの方が勝《まさ》って、その記憶は、頭からすっぽり飛んでしまっていたのである。

少年は、子供が乗り回すには大きすぎる大人用の自転車に乗っていて、当時の中学生などがよくやっていた三角フレームから片足を出し、車体を傾けながら漕《こ》ぐ、というかなり無理な体勢でいた。

事故の瞬間、自転車は、ガラガラと派手な音を立てながら、横ざまに、滑るように崩れ落ちていった。

さらに悪いことに、少年は荷台に、三歳くらいの自分の弟を乗せていたのだった。

自転車が倒れた瞬間、弟は宙に放り出され、一メートル半も離れた縁石《えんせき》の上に頭から落ちていった。

頭が五センチほども切れ、コロンと丸く張り出した、色白の彼のオデコから、鮮血がドクンドクンと流れ出した。

一方、女の子の方は、捲《めく》りの籤《くじ》で見事二等を当て

たものだから、早く帰って家のものに見せようと思ったのか、当たりのゴム風船を手に、勢いよく店から飛びだしてきたというわけだった。

当然のこと、弟は声を上げて泣き出し、女の子も転んだ拍子に激しく足を擦《す》りむいたので、二人は路上にしゃがみ込んだまま、大声で泣き出した。

通りがかった三人の男が、それに気づいて足を止めた。

中の二人は市の職員で、たまたまこの方面に測量の仕事があり、もう一人の男というのは、この先の履物屋《はきものや》で見習いとして働く、まだ子供と言ってもいいほどの少年だった。彼は番頭《ばんとう》さんに言いつけられ、煙草を買って戻る途中だった。

三人は立ち止まると、互いに顔を見合わせ、無言のまま子供たちを眺め出した。

自転車の少年は慌てて起き上がり、自分の怪我も（彼もまた膝を擦りむいていた）そっちのけで自転車を起こすと、その傷の具合を調べ始めた。父親のものなのだろうか。もし壊《こわ》しでもしたら……少年は不安げだ。

そこへ、ベージュ色のハンチング帽をかぶった男が、足早に近づいてくると、

「どうしました？　何があったのです？」と訊いた。

「ほら、ごらんのとおりですよ」市の職員の一人がぼそっと答えた。

履物屋の店員は、今少し事故の内容を承知していたが、日頃から、番頭さんに、大人の社会に偉そうに口を挿《はさ》むものではない、と釘《くぎ》を刺されていたので、この時も知ったかぶりに口を出すことは控えた。

少年は次に、泣きわめく弟にようやく気づいたというように近づいていって、助け起こそうとした。

もうすでに彼の周りには、数人の人が立ち止まってこの様子を眺めている。（できることなら彼は、このまま弟を宥《なだ》めて、早々に家に帰りたいところだっただろう）

だが、弟は起き上がろうとしない。自分が転んだのは兄のせいだとでも言いたげに、座ったまま頑として立ち上がろうとしない。そしてまるで火でもついたように泣きわめく。

（そりゃあ、そうだろう）

泣き声を聞きつけて、近所の窓から次々と顔が覗きだした。

戸が開いて、「どうした、どうした」とばかり人が出てくる。中にはセイラー服姿の女子中学生や、杖を突いた老人も混じっている。そして彼らは口々にこう声を掛ける。

「いったい何があったのです？」

「ごらんのとおりですよ」再び市の職員がぼそっと答える。

「ははぁ、お互いぶつかったというわけですか」

「おやおや、危ないねぇ」「まったくです」

「あの子は血が止まらないようですが、大丈夫でしょうか？」

「で、どっちが悪かったのです？」

そうこうするうちに、さらに七、八人が集まってきた。

この成り行きに、自転車の少年はすっかり驚いている。

「大人用の自転車でしょ。あの年じゃ、まだ乗り回せませんや」

「それがね、女の子の方が急に店から飛びだしてきたもんで、どうもそれを避《の》けようとして転んだらしいんですよ」誰かが言った。

その間にも、なんだ、どうした、と人が集まってくる。

どうしたものか、いつの間にか三十人ほどにもなった人垣《ひとがき》を、無理にもこじ開けて、中を覗こうとする者がでてくる。傍にいる人を捕まえて、何があったのか、しつこく尋ねる人もいる。一人が受け売りで話したことが、まるで本当のことのように周囲に伝わっていく。

綿入れ半纏《はんてん》を着たおかみさんが、隣の、片手を頬に当て心配そうに眺めているおかみさんに話しかける。

「大丈夫かい？　あの子。血が止まらないようだがねぇ」

「かなりの怪我じゃないか、かわいそうにねぇ」

「あれじゃ、痛いだろうよ。泣くのも当然だよ」

「それがさ、何でも女の子の方が、急に飛びだしてきたからいけないんだそうだよ。それであの子が慌ててハンドルを切ったから、こうなったらしいんだよ」

「危ないねぇ」と顔を顰《しか》めあっている。

「この子が転ばせたというんなら、この子の方が悪いんじゃないのかい。で、この子は謝ったりなどしたのかい？」

「さあ、さっきから見ているけれど、それはないねぇ、二人で泣くばっかりだよ」

「でも、女の子の怪我はそれほどでもなさそうじゃないか」

「足を擦りむいたくらいのもんだろ」

二人はわんわんと泣き続ける。弟の額の血は一向に止まらず、相変わらずドクンドクンと脈打つように流れ出てくる。

人垣はさらに増え続けた。

「これだけの怪我を負わせたんだもの、これはやっぱり、謝らせなきゃいけないよ」誰かが言った。

「このまま済ませるというわけにはいかないよ」

皆はそれもそうだと、なんとなく肯定《こうてい》する顔つきになって眺めている。

「でもさ、この子は大した怪我でもないのに、何だってこんなに泣くのかね」「足を擦りむいたぐらいでさ」

「こうしていたら、皆が、自分が悪いのを見逃してくれるとでも思っているんじゃないのかねぇ」

「これじゃあ、誰も叱《しか》れないものねぇ」

「だとしたら、いけないよ。このままでいいと言うなら、ほら、この子のためにだってならないじゃないか。また次にこんなことがあっても、これでいいと思ってしまうからねぇ」

それを聞くと、皆はなんとなく、女の子の甲高い泣き声に苛《いら》だちを覚えるのだった。

「でもねぇ、こんなに小さいのに、そんな知恵が働くものかねぇ」

「そりゃあ、自分を守るためだもの、やるでしょうよ」「やれやれ、子供とはいえ、なかなか知恵が働くもんだねぇ」「悪知恵がねぇ」

女の子を非難する声が、彼女の頭上で飛び交っている。

この子が悪い、悪いことをしたら、たとえ子供でも謝らせなくてはいけないなどと話している声が、彼女の耳にも聞こえてくる。

女の子は、不安でいっぱいである。あの子はあんなに血を流している、ひょっとしたらこのまま死んでしまうのじゃないか、もしそうなったら自分のせいだと、すっかり怯《おび》えている。彼女の泣いている理由の大半はそのせいだ。それにどうしてこんなに大勢の人に取り囲まれたのか、彼らはいったい自分に何をしようとしているのか、訳がわからず、どうにも怖くて泣くことしかできずにいる。

一方、少年もこの成り行きに驚いて、呆然と立ったまま、どうしたらいいものかと途方に暮れている。

彼もまた、なぜこれほどの騒ぎになったものか、さっぱりわからずにいる。

人々は相変わらず集まってきては、輪の中を覗こうとする。背伸びをしたり、中には隙間から強引に割り込んでやろうとする者もでてくる。

誰も去ろうとしない。居残り続ける。

それはここを離れた瞬間にも、何かしらの進展があって、それを見ずして去ったとなれば、今まで待ったことがまるで無駄になってしまうという気持ちが働いていたのかもしれない。

履物屋の店員は、もうさっきから店に戻らねば叱られるだろうと思いながら、落ち着かず眺めていたが、この人垣の中に、無愛想《ぶあいそ》な顔で腕組みをしたまま突っ立っている番頭さんを見つけると、安心してその場にとどまった。

「このままではいつになっても埒《らち》があきませんな」「決着がつきませんな」

「どうなるものやら」何の進展もない中、皆も次第に時間を持て余し気味になってきた。

するとその時、あのハンチング帽の男が、人垣の中でくるりと向きを変えたと思うと、勿体《もったい》ぶった足取りで、人込みを押し分け、駄菓子屋の前まで行って、ガラガラと、音を立てて店のガラス戸を開けた。そうして店の奥に店番で座っているおかみさんを見つけだすと（彼女の顔の周辺には、子供たちが悪戯《いたずら》しないよう、蠅取紙《はえとりがみ》を垂らすように簸の類《たぐい》がぐるりと取り囲んでぶら下がっている）、

「え？　おかみさん」と、切り出した。

「あんたさ、始めから見ていたんだろう。ちょっと外に出ていって説明してやりなよ。これじゃあ、誰も、納得しないぜ」

納得するもしないも、自分と何の関係があるのか、おかみさんはそう言いたげに渋面を浮かべて男を見上げた。

だが、店の前にはいつの間にか大勢の人垣ができている。

『こういつまでも店の前に立たれちゃ、商売にならないよ』

何とも迷惑《めいわく》な話だ。かといって、放ってもおけなくなった。ともかくここは早いとこ話をつけて、立ち去ってもらうしかないだろう。

『でも、何だってこんなに人が集まってきたのだろう』

彼女は腹を決めると、店の奥に向かっ

て大声を上げた。

「ちょっとォ、お父さん、あんたさあ、少しの間、店番、頼むよ」

言われて奥から出てきたのは、五十過ぎの寝ぼけ顔の亭主だった。早朝から店の仕入れに飛び回り、つい先刻戻って、やっと寝床に着いたばかりだった。

彼は、店先の大勢の人だかりに気づくと、呆れたように口をあんぐり開け、もの問いたげにおかみさんを見つめた。

「話は後でするよ。ちょっと店番、頼んだよ」

言うと、矢絣《やがすり》模様《もよう》の綿入れ半纏を羽織《はお》って、下駄《げた》をつっかけて表に出ていった。

おかみさんが出てくると、皆は、そうだ、そうだった、彼女ならもっと詳しい話を承知しているはず、と訳を呑み込んだ様子で、ではその説明とやらを聞こうと、わずかに動いて彼女が立つ場所を開けた。自分の立ち位置が悪くならない程度、ほんの少しずつといった具合に。

店の前に立ったおかみさんは、声を張り上げる。

「私はね、最初から見ていたんだよ。この子も、この女の子も、どっちが悪かったたってことはなかったんだよ。たまたま偶然ぶつかりそうになって転んだ、と、こういうわけだよ。なに、それだけのことなんだよ」

長い沈黙。納得のいかない顔々。

『それはないだろ。だってこれだけ人が集まってだよ。話はたったそれだけ？　もっと他に何かあったんじゃないの、この見た通りだけのことなら、なんにも説明なんかいらないよ』

『おい、おい、ちゃんと見ていたのかい？　それならなんだってこんなに人が集まってきたりなんかしたんだい？』と、不満がましい目で見ている。

おかみさんは、それには構わず、少年に近づいていくと言った。

「怪我《けが》の具合はどうなんだい？　さあ、店に行って、小父さんに消毒の薬と手拭《てぬぐ》い、貰っておいで、急いでだよ」

少年は、今、自分が何をすべきか、やっと気づいたというように、慌てて向きを変えると、店の中に飛び込んでいった。

傷の応急措置《そち》がされた。（皆の見守る中）男の子はようやく泣き止むと、熱っぽいとろんとした目で周囲を見回している。

血は止まったようだ。が、鉢巻にした手拭いにはまだ血が滲《にじ》んでくる。

「話がわかったのなら、場所を開けておくれ。これじゃぁ、商売にならないからさ」

おかみさんはもう一度声を張り上げて言った。皆はおかみさんからいったん目を逸《そ》らしたものの、去ろうとはしない。

おかみさんは男の子を抱き上げると、少年に言った。

「送っていってあげるよ。母さん、家にいたかい？　これはどうにも、私からちゃんと説明してやらなきゃならないようだね」

「近所なのかい？」おかみさんは尋ねる。少年はこくりと頷く。目に子供らしい信頼の表情が浮かんでいる。

「それじゃあ、家まで案内しておくれね」

人垣を分けて、少年は自転車を押して歩きだす。

男の子を抱いたまま、まだしゃくり上げている女の子の手を引き、おかみさんが続く。

四人を通そうと、行く手の人垣が崩れる。

これでお終《しま》い、これで彼らは立ち去るだろうと思いきや、驚いたことに、皆は四人の後ろについて、ぞろぞろと歩き始めたのである。

なんと総勢六十人ほどもの人々が、四人を取り囲むようにして、広いバス通りを一緒に歩きだしたのである。

『なんで？　なんでついてくるんだい？』おかみさんは驚きの色を隠せない。

『あんたたちとは何の関係もないことだろ』とでも言いたげだ。

ともかく、物見高い群集が四人を囲み、足並みを揃え、黙々とついてくる。

『話は済んだだろ。いったい何が面白いというんだろ。あんたたちとはまるっきり関係のないことだろ。まったく、虻のようにしつこい連中だよ』

『何だってこうしてついてくるのさ。訳がわからないよ』

次第におかみさんは黙ってついてくる彼らに、薄気味悪ささえ覚えてくる。それは少年にせよ、女の子にせよ、同様に思うところだったに違いない。

そうこうするうち、ついに皆は少年の家までやって来た。そうして、しごく当たり前という風に家の前を取り囲んだ。

閑静《かんせい》な住宅地の一角である。ブロック塀に囲われた、モルタル塗りの、ごく標準的な中流家庭の一軒家である。

少年は低い段差のついた階段を駆け上がると、家の横に自転車をつけた。

「さあ、行って母さんを呼んできて」おかみさんは言った。

少年はようやくほっとした表情で顔を緩《ゆる》めると、逃げるように家に飛び込んでいった。

少なくとも、これでやっとこの大勢の大人たちから解放されたというように。

そのまま三分、五分と時間が過ぎる。

やがて家の戸が開いて、中から少年の母親らしい女性が顔を出した。人当たりのよさそうな色白の女性である。白いブラウス、白いエプロン、白いソックスといった清楚《せいそ》な姿をしている。

はじめ、彼女は、家を取り巻いて立つ大勢の人々に、思わずギクリと足を止めた。

何事かと、息を呑んで一歩退いた。

人々の先頭には、白い鉢巻《はちま》きをした息子を抱いた、駄菓子屋のおかみさんが立っている。おかみさんは見知らぬ女の子を連れている。

「ちょっと説明させてもらうよ」おかみさんが口早に言う。おそらく、早く話を済ませてしまいたかったのだろう。

「うちの店の前で、お宅の息子さんが乗った自転車と、この女の子がぶつかりそうになって二人で転んだのさ。そのせいで、この子が荷台から放り出されちまって、縁石で頭を打っちまったんだよ」

「血はようやく止まったようだね」おかみさんは、男の子の頭に目をやりながら言った。「でね、お宅の子と、この子とぶつかりそうになったんだが、どっちがよけい悪かったってことはなかったんだよ。どちらのせいってことはなかったんだよ」

母親の後ろで、どうしたらよいものか、困惑《こんわく》しながらうろうろしている少年の姿が目に入った。

弟の方は、泣き疲れたとろんとした目で、まるで見知らぬ人でも見るように母親を眺めている。

皆はこの成り行きを好奇《こうき》の目で見つめている。今の説明ではどうにも物足りない。せめて少年の母親が、女の子に謝らせるとか、きつく叱るとか、それ相応の対応があってもいいのではと思うようなのである。

心配しているようにみえて、事態がどう変わるか、どう決着がつくものか、大いに期待しているようにもみえる。

少年の母親は、この状況をたちどころに理解した。

さすがに母親だった。彼女は振り返ると、そこにいた少年に向かい、きつい口調で叱りつけた。

「ほら、だから母さん、いつも口を酸《す》っぱくして言ってるだろ。自転車に乗る時は、悟《さとる》を荷台に乗せちゃいけないって。だからこんなことになるんだよ」

そうして小腰をかがめると、泣きはらした顔で震えている女の子に向かい、

「大丈夫だから。何もあんたが悪いわけじゃないんだからね。心配しなくてもいいんだよ」と言った。

「おかみさん、すいませんね。すっかりご面倒をかけてしまって。私からあの子をきつく叱っておきますから。今日のところはこれでご勘弁《かんべん》を」

言うが早いか、彼女はおかみさんから息子をひったくるように抱き取ると、皆の目の前で、玄関の戸をぴしゃりと閉めてしまった。

なので、この話はこれでおしまい。

『なあんだ、たったこれだけのことか。けっきょく、何も起きなかったということか』

皆の顔に、拍子抜けした興《きょう》ざめの表情が浮かぶ。

とたん、我に返ると、とんだ時間潰《つぶ》しをしてしまったことに気がついた。

すると、今までこうしていたことが急に馬鹿馬鹿しく思われてきた。

皆はてんでに逃げるようにして散っていった。

履物屋の店員は、自然、番頭さんと足が揃いだした。帰るところが一緒だったからだ。彼は、こんなところで油を売っておって、と番頭さんに拳固《げんこ》を一発食らった。

あの二人の市の職員も、まだこの人の輪に残っていたから、もう休憩時間はとうに過ぎてしまったと、大慌てで飛ぶように役所へ戻っていった。

その場に残ったのは、おかみさんと女の子の二人だけ。

女の子は泣きはらした顔で、おかみさんに手を引かれ、来た方へ向かって歩きだす。時々、相変わらずしゃっくりをあげている。先ほどまでの大勢の人々にとり囲まれていた恐怖がまだ去らないのだ。

二人はバス通りまで戻ってきた。

隅々まで日差しの行き渡っている広い通りは、通行人もなくひっそりとしている。

おかみさんは言う。

「あんたの家、どこか知らないけど……」

その言い方からして、送っていってあげようという気持ちはないようだ。

「ここから一人で帰れるかい？」と女の子のおかっぱ頭を見下ろして言った。

女の子は今、自分がどこにいるのか、さっぱりわからない。この辺り、こんなに遠くまで来たことはなかったからである。

それでも、先ほどの大勢の人々に囲まれていた恐怖がまだ去らずにいたし、少しでも早く安心できる場所に身を置きたかったので、嘘でもこっくりと頷《うなず》いて見せた。

「そうかい、それなら一人でお帰り。小母さんは早く店に戻らなきゃいけないからね。いいね」

念を押すように言って、足早に去っていった。

女の子は一人、汗でべとついたゴム風船を握りしめながら、商店の建ち並ぶ家並みに沿って遠ざかっていくおかみさんの後ろ姿を、ぼんやりと見送っていた。

そしてしばらくの間、広い路の真ん中に立ちつくしていた。

彼女は、まだ、大人たちが、この子が悪い、謝らせなければと、自分を叱り続ける声が渦巻いているような錯覚の中にいたのだ。


これは友人の五歳の時の体験である。

あれ以来、彼女は、駄菓子屋の向こう——少年の住む家の方に、足を向けたことはない。さらに、頭に白い被《かぶ》り物をした人を見かけると、いまだに胸がどきりとする。あの時の恐怖が甦《よみがえ》るのだ。

今はもう、その家の所在も辿《たど》る道も朧《おぼろ》である。だが、あの時見せた、母親のあの対応が、数十年経った今になっても、彼女の脳裏に、鮮明に小気味よく蘇ってくるのである。

# 芽吹く頃

## （一）

川の埋め立て工事が、春以来続いていた。

学校の行き帰りに渡っていたコンクリートの橋が外されると、川だった所に多量の土砂が運ばれ、投げ込まれていった。

日を追うごとに、川幅は狭《せば》まって浅くなり、周辺を大型トラックがせわしなく行き交っていた。

埋立地から、少し離れた空き地には、埋め立て用の土砂が堆《うずたか》く積まれ、その天辺《てっぺん》には小型の黄色いショベルカーが数か月も放置されたままになっていた。

埋め立てられた跡に、広い敷地が現れる。敷地の白く砂利を敷いた道路側に、《室井建設株式会社》、その横に、一級建築士室井隆史と描かれた大きな看板が立てられる。

おそらく河川工事を請《う》け負った業者の一つなのだろう、看板は、街中から車を走らせてくると、否応無《いやおうな》しに目に飛び込んでくる角度に誇らしげに据えられている。

地所は、優先的に良い条件で手に入れることができたのだろうか。そこに事務所を兼ねた大きな家が建てられる。

隣には材木置き場が設置される。四十ほどの若い社長らしい人物が、その間を、書類や図面を抱え、忙しく行ったり来たりしていた。どれ一つを取りたててみても、新品一色に統一されているという様子だった。

ある日のこと、景山美佳は下校途中、その家の前で、彼女より少し年少の三人の姉妹が遊んでいるのを見かけた。たぶん、家族で外出しての帰りなのだろう。レースのたくさんついたお揃《そろ》いのよそ行きのワンピースを着て、白い砂利の上で、弾けるような歓声を上げながら追いかけっこをしていた。

その光景をなんと表したらいいのだろう、それはまるで幸福の象徴《しょうちょう》であるかのように眺められた。

もしかすると、あの一番上の子は、近々同じ中学校に編入されてくるかもしれないと、美佳は改めて頭を上げて、もう一度看板の名字を読んだ。

川が消失すると、今まで川向こうと思っていた地所とは陸続きになった。

郊外だったこの辺りも、次第に都市化が進んできていた。

家の数軒先の向かい側の家から、五十は過ぎただろう女性が、タバコを吸いにひょいと外に出てきた。黒髪を高く結い上げ、いつも着物姿でいる。

彼女は一人暮らしだが、普段でも身だしなみに気を使い、身なりも着崩れしている姿など見たことがない。割ぽう着姿でいるのさえ見たことがなかった。

彼女はめったに外に出てくることはなかった。近所の人となんとなく距離を置く付き合いをしている。彼女が外で立ち話をしている姿など見たことはないし、親し気に挨拶《あいさつ》し合っている姿も同様だった。

たまにこうしてタバコを吸いに出てくる以外、外に出てくることはめったになかった。出てきたとしても、人と会うのを避けるように、家の方を向いたまま旨《うま》そうに一服吸い終えると、艶《あで》やかな身のこなしでさっさと家に入っていった。

週に一、二度、夕暮れになると、黒塗りの大きいセダンがその家の前に止まった。中から五十幾つかの小柄で血色のいい薄毛の男が降りてくると（車はそのまま走り去っていった）、彼もまた人目を憚《はばか》るようすで、すっと家に入っていく。

彼女が囲《かこ》い者だと皆は知ってはいたが、それをとやかく言うものは誰もいなかった。

昔、大門で芸者をしていたそうで、家の前を通りかかると、ときおり広い庭越しに、三味線の音が聞こえてきたりする。

やはり身のこなしが相応に粋《いき》なのである。

その彼女が、突然ある日から、娘のような子と一緒に暮らし始めるようになった。

いきさつはこうだ。

この少し前、彼女は片田舎に住む遠縁《とおえん》の子を預かった。遠縁とは言っても、それまで彼女はその両親ともその子とも会ったことはなかった。

両親は、いずれその子を芸事で身を立てさせるつもりでいたようだ。田舎ではまだ貧しい暮らしが続いている時代だった。

まず、日頃彼女が世話になっている置屋《おきや》のお母さんに口を利いてもらい、そこで芸事を習得《しゅうとく》させようと、執《と》り成しを頼んだのだ。

その子はまだ中学を出たばかりだった。田舎から、風呂敷包み一つで出てきていた。

自ら進んでそうした習い事で身を立てたかったのか、親がそう望んだからなのかはわからない。

ともかく、『菊の家』(これが彼女の世話になっている置屋のお母さんの家だった)を訪ねる約束の日まで、まだ一週間ほどの日があった。彼女はその間にその子の身支度やら箇単な礼儀作法を教えてやり、やがてその日が来ると、二人で『菊の家』へでかけていった。

「そうしたらさ、あの子ったら、私の傍《そば》にぴったりくっついちゃって、片時も離れないんだよ。私を不安そうに見上げてさ、このまここに置いていかれると思うのか、とにかくどこにでもくっついてくるの。終いには、厠《かわや》まで付いてくる始末でねぇ」

彼女が見上げて言ったというが、因《ちな》みに彼女はとても小柄な人で、その子は大柄で二人の背丈は同じくらい、いや、ひょっとしたらその子の方が大きかったかもしれない。

「こっちもさ、なんだか情が移ってきちゃってねぇ」

「遠縁というんだろ。まるっきり縁もゆかりもないってわけじゃないし」

一方、『菊の家』のお母さんは、この子を一目見るなり、長年の勘《かん》で、この子はこの世界に向かないだろうと思った。

色白なのはいいが、柄が大きく、一連の身のこなしに、女性らしいたおやかさや色気がまるで欠けていたからである。『この先この世界で生きていくには苦労するだろうよ。いい思いはできない』と思っているところに、

「いいわ、いいわ。私、決めたわ」と、傍らで保護者めかしく座っていた彼女が急に言いだした。

「私、この子を引き取って育てることにするわ」

「何もこの子が（たとえ両親がその気で話を持ち込んできたにしろ）この世界で生きていかなきゃならないわけでなし」「（この子の両親にすれば）食い扶持《ぶち》が減ることには変わりがないだろ」

そしてこの時の彼女の「私が引き取る」の一言で、この子の人生は大きく転換したのだった。

「何だよ。私も独り身だろ。これまで本気で人に頼られたり、当てにされたりしたことなんて一度もなかったからさ、何て言うか……」

けっきょく、彼女は、その子を女学校に入れてやり、短大（当時としては珍しかった）まで出してやったのだった。

それからの二人は、ごく普通の親子のように穏やかに暮らしている。

この話を、誰が広めたものか。彼女が外で誰かと親しく話している姿を見たことはない。だが、それは本人が誰かに言わなければ、他に知れる話ではなかった。

その娘は、美佳より七つか八つ年上だった。そうして彼女もまた、養母に倣《なら》って、近所の人と親しく話したりすることはなかった。

その娘が一人で市場に買い物に出かけたり、外回りを掃いたりしている姿はよく見かけたが、それ以上の外との接触は避けるようだった。挨拶もされればにっこり笑って返すだけ。白昼、家の周りがひっそりしているのは相変わらずだった。

なにかの折、たまたま家の前を通りかかると、庭の方から明るい若々しい弾《はず》んだ笑い声がして、美佳が振り向くと、彼女が、学友と思われる友達に自庭の中を案内して回っているところだった。

家の前庭には、斑入りのギボウシが白い漏斗状《ろうとじょう》の花を付け、四つ目垣《めがき》には、真っ白な蕊《しべ》の濃い紫色の鉄線が盛んに咲く頃だった。

ある日、美佳は珍しく、タバコを吸いに家から出てきた女主人と出くわした。以前なら、こうした時も、気づかなかった風にさっと家に入っていくところだが、その日は向こうが先に気づいて、なぜか黙ってこちらを見ている。目がどこか愉快そうに笑っている。

美佳は慌ててお辞儀《じぎ》をする。すると向こうも同様にお辞儀を返してよこした。ちょっと驚いた。

だが彼女は、この後が続かないわ、話も別にないもの、どうしましょうといった素振《そぶ》りで、何事もなかったようにすっと家に入っていった。

養女と暮らすようになって、周囲を見る目も大様に変わったのだろうか。

それからは、彼女と出会うと、無言の約束でもできたように、互いに挨拶を交わし合うようになった。

この頃に、近所で起きた話をもう一つ。

家の斜向《はすむ》かいに住む横川のおばあさんは、或る日中に、突然、喉《のど》が詰まって息ができなくなった。

少し前から、風邪が長引いて咳が止まらず、寝込んでいるとは、同居している孫の正子お姉さんから聞いてはいたが、それほど重症だとは思っていなかった。

目を白黒させ、手で宙を掻《か》き七転八倒《しちてんばっとう》する姿に、正子お姉さんは何事かとびっくり仰天《ぎょうてん》して、慌てて美佳の家に駆け込んできた。

美佳の母親とお姉さんと隣の小母さんとでおばあさんを押さえつける。おばあさんは手ぶり身振りで大暴れし、盛んに喉を掻きむしるようにしては、息ができないと訴えるので、三人で気道を広げようと、背中を叩いたり、後ろから抱えこんで腹を急に締め付けたりしてみる。

やがて「ふぅー」という長い吐息《といき》の後、おばあさんは、ぐったりと布団に横になり静かになった。お姉さんは、おばあさんの鼻に顔を近づけ、息をしているかどうかを確かめた。

「……大丈夫そう」

三人は一様《いちよう》にほっと息をつき、また具合が悪くなったら遠慮せずに呼んでねと、美佳の母親と小母さんはそれぞれ家に戻った。

それから二時間もすると、おばあさんは（何事もなかったように）流しに立って洗い物をしている。

「大丈夫なの？」心配した美佳の母親がお姉さんに尋ねると、彼女が呆れたように言うのには、おばあさんはここ何日も咳が止まらず困っていたが、人伝《ひとづて》に民間療法とやらで、喘息《ぜんそく》にはナメクジを呑むのが効《き》くといわれたので、喘息も風邪の咳も同じようなものと解し、そんなものでよくなるんなら家の裏庭にもごろごろいるわいと、早速庭に出て探しにかかった。すぐに大きな石の下に、六センチほどの丸々と太った白いナメクジの親分のようなのが休んでいるのを見つけた。

それを拾い上げ、蛇口で水洗いをし、砂を取り除いてそのまま丸呑みにした。したのはいいが、それが喉に痞《つか》えてあの騒ぎになったそうである。

「あの時は、まあ正直、死ぬかと思った」「喉の所にへばりついてさ、もそりもそりとこうやって動くんだよ」（ナメクジだってこんなことで死にたくない。死に物狂《ものぐる》いで抵抗する）

後でおばあさんはお姉さんにそう話したそうだが、さすがにこの体験は知り合いの誰にも言えなかったようである。にもかかわらず、この話は、いつの間にかすっかり近所中に知れ渡ってしまった。

函館はイカの街でもある。

夏になると、早朝、皆が起きだす頃、毎日のように「エガー、エガー」とイカ売りのリヤカーがその呼び声と共に、通りをくねりながら抜けていく。（これが、人速より早いと呼び止める間がない。リヤカーを引くほどの速度がちょうどいいのである）

まだ活きている赤いのを、各家で二杯、三杯と買うのである。朝食から食卓にイカ刺しが載るのも珍しいことではなかった。

イカ刺しを作ると決まって内臓が残る。除《の》け物である。

横川のおばあさんは、庭に大きな穴を掘ると、毎日のようにそれを次々と放り込んでおいた。

翌年、そこに二本の茄子《なす》の苗を植えた。すると、

「それがさ、成って、成って、まあさ、こんな大きいのが五十も六十も次々に成ってだよ、本当にびっくりしたよ」

おばあさんは、これを近所中、自慢そうに吹聴《ふいちょう》したものだが、残念なことに、この話は先のそれとは違って、誰の耳目《じもく》も集めることにはならなかったようである。

（二）

四、五日前からの風邪が長引いて、美佳はその日、体育館での全校集会に出られなかった。

彼女のほかにも、同じ理由で、二人の女生徒が教室に残っていた。二人とも熱があり、なんとなく体がだるいのだという。保健の先生には断ってきたので、ずる休みじゃないよと言って笑った。

待つ間、三人は話をしたり、石炭ストーブの番をしたり、黒板を拭《ふ》きなおしたりしていた。

だが、集会は長引いているのか、いつまで経っても皆の戻ってくる様子はない。

そのうち退屈《たいくつ》になったのか、二人は机をガタガタと並び変えると、その上で卓球をしだした。

二人とも卓球部員である。たまたま今回は風邪を引いただけ。もともと丈夫な二人は、長く待たされることは苦手のようで、こんな時だってじっとしていられないようだった。

しばらくはその場で押し殺した笑い声が聞こえていた。が、その声は次第に大胆に大きくなり、足音もばたばたと立つようになった。

そんな時だ。

いきなり戸が開いて、入ってきたのは島中先生。彼は集会をさぼっているものがいないか、校内を見回っているのだ。

「こらーっ！　なんでお前ら、集会に出ないんだ！」

二人は黙ってうつむく。

「なんでだ、言ってみろ！」

ラケットを握った手をだらりと下げて、二人は困った様子でいる。

一人が声を絞《しぼ》るように、ぼそぼそと言った。

「具合が悪かったので、集会には出られませんでした」

「ほう、それで二人で卓球をしているというわけか」

二人は黙る。

「それほど元気なら、集会にだって出られたはずだ」彼は言った。

それから、教室の隅にいた美佳に気がつくと、

「なあ、そうだろ、景山。景山もそう思うよなあ」

と、こちらにも火の粉が降りかかってきた。

『こんなのって嫌だなぁ、全然まずいや』美佳は何も言えない。下を向いたまま黙っている。

「返事はないのか。これじゃ、な、どう考えてもおかしいだろ」と、彼は完全に美佳の方に向きを変えた。

返事を待っている。仕方がない。小さく「はい」と答えた。

「ほら、景山だって、そうだって言っているぞ」「そうだよな、景山、景山だってそう思うよな」

島中は二人を前に立たせると、くどくどと説教を始めた。それがまた長い。五分が経ち、十分が経ち、まだ続いた。

そろそろ皆も帰ってくる。その時になって、まだ叱られていたら……、美佳は二人が気の毒になってくる。いつ止むものか。

集会にどうして出なかったのかと、同じことを何度も繰り返し訊いている。

やがて二人はどうしようもなくなって、めそめそと泣き出した。

『それほど長々と叱ることだろうか』美佳は彼女らに同情する。『なんとかしてあげられないものかな』

席を立つと、三人の方へ近づいていった。

「先生」と言った。「二人とも、こんなに反省しているので、もう許してやってもらえないでしょうか」

すると、島中は急に話を止めた。美佳をじっと睨《にら》んだ。睨んだものの、特別何をするというでもなく、一言、フンと吐き捨てるように言って教室を出ていった。

ともかく、これで許してもらえたと思った三人は、顔を見合わせてにっこりする。

「それにしても、同じことばっかりで、ちょっと長すぎだよねえ」調子づいて美佳は、そんなことまで言った記憶がある。

……あれがまずかったんだ……この時の島中の無言の意味を、美佳が知るのはずっと後のこと。

あの時は何も考えずに、二人を庇《かば》うつもりで言ったのだが、あれ以来、島中は授業中、めったやたらと彼女に質問や絡むような話しかけをするようになった。

何かと言えば「なあ、景山」「これでいいんだよな、景山」「おかしいだろ、景山」「どうして笑わないんだ、景山」と美佳の名を連発する。

こうして場を選ばず、故意《こい》に、と思えるほど同意を求められることは、彼女にとって苦痛でしかなかった。

なぜ自分だけこんな目に遭《あ》わされるのか、なぜこうなってしまったのか。

思い返せば、あの集会の件以外、彼女にはこれといって思い当たることがなかった。

『だけど、たったあれだけのことで？』

だからといって、この先どうしたらいいのか、このままにしておいていいものだろうか、不安が残る。

彼は一生《いち》徒の分際《ぶんざい》で出しゃばった真似をする、とでも言いたかったのだろうか。

あの時、美佳は二人を庇ったつもりでいたのだが、なぜか原因を作った当人たちより、口を利いた自分の方が憎まれてしまっていると思った。その上、叱られた方の二人は、それが原因で美佳が島中の反感を買ったなどとは、まるで気づいていないようなのだ。割に合わない気持ちだった。

『あの時、何も言わずにいたほうがよかったんだ。自分のことを考えればそうするのが一番だったんだ。馬鹿をみたものだ』

ああいう時は、特に相手が島中なら、「そうです、その通りです」とただ聞いているのが一番だったのだ。

だが、それはずっと後になってわかったこと。もし彼女がもっと世間《せけん》慣《な》れした人間だったら、ああした場合でも、もっとうまく立ち回ることができただろうに。だがあの時の彼女にそれを求めることは難しいことだった。

学校に行くと、嫌な思いをすることが一つ増えたと思った。

## （三）

十二月に入り、二学期も終わりに近づいてきた。

年が明けると、もう高校受験が控えていた。彼女は受かるか受からないか、そこからが心配だった。

仮に合格したとして、その後うまくやっていけるのか、それも不安だった。とにかく気合いを入れて勉強しなければ、と思う毎日なのだ。

「ただいま」玄関の戸を開けた。

珍しく母親が玄関に迎えに出てきた。暗く沈んだ顔をしている。

「今日ね、柴山先生が見えられたの」開口一番、彼女は言った。

「柴山先生？　私に？」美佳は驚いて訊《たず》ねた。

母親は深く頷《うなず》いてみせた。

「なんで？　何の用で？」

その訪問とやらに全く心当たりはなかった。家庭訪問の時期でもなし。美佳は訝《いぶか》る。

「ねえ、美佳。あなた、学校で何かあったの？」母親は訊《き》いてきた。

「何かって？　べつに。何もないよ」心当たりはまるでなかった。

母親は、納得がいかぬという顔でこちらを見ている。

「私に用ってどういうこと？」

「そうよ、そうなのね。あなたは何も気づいていないのね」深い溜息とともに彼女は言った。

「美佳ね、あなた、何か島中先生を怒らせるようなことをしたの？」

島中の名が、母親の口から零《こぼ》れた途端、美佳は驚きと同時に、なんとも言えない嫌な気分にさせられた。そしてそれが訪問の理由なのだと、妙に納得したのも事実だった。

思えば、彼にはこの一年余り、いろいろと不快な思いをさせられてきた。

が、ここしばらくは特別変わったこともなく過ぎていた。二か月前のあの朝の集会までは。

だが、あの日以来、彼はどうしてか、美佳にいっそう絡んでくるようになった。

以前なら、授業中、彼女に「そうだろ、景山」「それでいいんだよな、景山」などといちいち同意を求めることはあったが、近頃はワザとのように、嫌味《いやみ》っぽく、質問のたびのべつ幕無《まくな》しに言うのである。

それが嫌で、どうしても返事ができない時がある。すると彼は、わざわざ耳元まで近づいてきて、「どうして返事をしない？」「おかしいだろ、ほら、ここは笑えるところだ、さあ、笑え」「ほら、みんなだって笑っているだろ、どうして笑わない？　え？　徳の備《そな》わった景山」などと言うのである。

言われても、おかしくもないのに笑えない。返事はしないぞ、笑わないぞとこちらだって意地になる時もある。

母親は続けた。

「柴山先生がおっしゃるには、島中先生は、あなたの理科の授業態度が悪いので、このままでは二学期の通知簔の、1から5ある評定の1だって上げられないって、そうおっしゃっているそうよ」

『エーッ』と思った。なるほどそうか、彼にはその手があるのか、究極《きゅうきょく》そんな手を使ってくるのか。

確かに彼が、美佳をこのままの状態で見逃《みのが》してくれるとは、彼女自身も思っていなかった。いずれ何かされるだろうとは思っていた。（だいたい、彼がこのままということはあ

るはずがなかった、やはり、何かの形で徹底的《てっていてき》に懲《こ》らしめておかなくては、と思っていたのだろう）

でも、こんな方法で報復《ほうふく》を考えるなんて……。

自分は皆と同じように普通に授業を受けている。たしかに数度に一度ぐらいはあんまりしつこいので返事をしないことはあった。それを除《のぞ》けば、べつに彼女から逆《さか》ったりしたことはない。それなのに、授業態度が悪いとはどういうことなのか。先生は何も言わなかったが、腹の中では、終始腹立たしい思いでいたということなのだろう。

母親は今までのいきさつを何も知らない。（だいたいが、教師は皆、人格者ばかりだと信じている）なので事の重大さに驚いて、ただおろおろしているのだ。

ハッとした。そのとき、彼女は心配のあまり、目に涙を浮かべていたのである。

「明日、学校に行ったら、ちゃんと島中先生に謝っておいで。私が悪かった、反省しているので許してください、そう言うのよ」

と、まるで小さい子を諭《さと》すような口調で言った。何があったのかとは訊かない。彼女のことだ。たぶん、事情を知っても同じことを言っただろう。

「柴山先生は、理由は何かわかりませんが、相手の先生は、かなりの感じで怒っておられますので、ここはひとつ、謝罪《しゃざい》しておいた方がいいように思います、ってそう言われたわ」

唖然《あぜん》とした。いったい私が何をしたというのだろう。あの朝の全校集会の時、あの二人を庇って中に入ったのがいけなかったというのだろうか。だが、あれだってもう二か月も前のことだ。それをまだ根に持っていただなんて。

五段階評定の1をも上げられないとはどういうことだろう。

二学期の評定がなければ、高校入試も受けられない。それが自分の評価として外部にもまかり通ることになる。この生徒は、教師に対する態度が悪くてこうなったと。こんな時、誰が、その原因まで掘り起こして調べてくれるものだろう。

「弱い立場だ……」

といって、他に解決の方法は思いつかない。どうにも仕方がない。向こうが謝れというのだから。

だが、美佳には、彼にだけはどうしても、謝りたくない気持ちがある。以前、島中の、溺死《できし》した同級生黒川に、死んでしまえと言ったあの仕打ちが思い出されるからだ。

母親の後ろ姿に虚《うつ》ろな視線を投げかけながら、美佳は思い沈む。

だが、こうして自分に拘《こだわ》っていると、相手に素直に謝れないのも事実に思う。

母親の言ったとおりにしようとする自分と、謝れない自分。

今は、それはそれ、これはこれと割り切ることが必要なのかもしれない。

物事を進めるには、時には相手に合わせることも大事なのかもしれない。そして、仮にもし向こうの思い通りに動かされることになっても、今何が一番肝心かという本筋を見失わなければ、それでいいんじゃないかといった心境だった。

『惨敗《ざんぱい》だ……。黒川君に続いての惨敗だ』美佳は深く溜息をついた。

『ぜんぜん、ぜんぜん駄目だ……。もはや、これまで……』


翌日、美佳は授業が終わると、重い足取りで職員室に出かけていった。

柴山は彼女を見ると、彼女に向かって二、三度大きく頷《うなず》いて見せた。

美佳は、二年団の教師たちが占めている一角に目をやって、島中の姿を探した。

職員室は眠気を誘うようなストーブの暖気と、目がちかちかするほどの青白い煙草《たばこ》の煙が充満《じゆうまん》していた。

彼女は、今この場に及んでも、まだ謝ることに納得したわけではなかった。こちらから一方的に自分の非を認めることに、まだかなりの抵抗があったのである。

それがここまで出向かせたのは、おそらく、母親の、あの時見せた涙と、足が悪いのに無理をして正座し、柴山の話を聞いたのだろう、その姿を思い浮かべたからだ。

母親は、何でもいいから、とにかく自分が悪かったと謝っておいでと言った。それだって、彼女は事情を知らないから、簡単にそう言うのだと思った。

美佳は島中のいる方へ近づいていった。

両足を揃《そろ》えて彼の脇に立つ。

「先生」彼女は言った。

島中は顔を上げると、じろりと彼女を一瞥《いちべつ》した。美佳は深く息を吸い込んだ。

「先生、今までいろいろご迷惑をおかけしまして、申し訳ありませんでした」

島中は、それをじっと、それも一言一言《ひとことひとこと》確かめるようにして聞いていた。それだけではない。こけた頰《ほほ》には薄笑いさえ浮かべていたのである。美佳はそれをしっかり見届けた。

改めて悔しさが募《つの》る。

相手にただ屈服することしかできない自分が惨《みじ》めに思えた。情けなかった。

誰も自分の言い分を聞いてくれず、相手のなすがままになるしかないのが悔しかった。

無力さが身に沁《し》みる。

ここまで自分を奮い立たせてきたものの……『大、大、大失望だ……』。そんなこんなで千々《ちぢ》湧き上がる気持ちに耐《た》えられずに、自然、彼女の目から涙があふれ出てきた。

しくしく啜《すす》り泣く声が、しんとした職員室に聞こえた。

他の教師たちは顔を上げると——あれ、景山がどうした？——といった顔でこちらを見たが、後は気づかなかった風に黙って仕事を続けている。

ただ一人、同じ学年団の六組の担任の脇田《わきた》という四十代の教師が、組んだ指を顎《あご》に当てて、面白そうにニヤニヤ笑いながらこちらを眺めていた。そのうち、彼女が本当に泣いているのか見てやろうと思ったのか、わざわざ席を立つと、そばまで来て、彼女の顔を覗き込んでいった。

一瞬、彼と目が合う。

『なんで？』彼女はむっとするが、それもぐっと我慢《がまん》して飲み込んだ。

島中は遠く一点を眺めていたが、やがておもむろに口を開くと言った。

「よし。わかった。帰ってよろしい。これからは十分気をつけるんだな」

これで自分の優位を再認識させることができた、喉の痞《つか》えが降りた、満足したというところだろうか。

翌日、美佳が職員室で、島中に泣いて謝ったという話は、学年中に知れ渡っていた。誰がその話を広めたのか。それを聞いたときには、その時のことが思い出されて、また悔しさがこみ上げてきた。

それを知らせてくれた友達が言う。

「脇田先生がね、六組の朝のホームルームが終わった後、皆の前で、本当は美佳が島中先生を好きだから、先生の関心を買うために、わざと反抗して見せたんだって、そう言ったそうだよ」

唖然《あぜん》とした。

あの時、脇田先生はそう受け取っていたのか。教師なのに、そんな貧弱な解釈《かいしやく》しかできないのか、それも、それをわざわざ皆の前で言うことだろうか……。むしょうに腹が立った。

（四）

日が変わり、次の理科の授業で。

島中は相変わらず皆に質問をして回る。

当てられた生徒が質問に答えると、

「なあ、その答えでいいんだよな、景山」と、美佳に問いかけてきた。今までとは違って、ずっと柔らかな問いかけだった。

一瞬、クラスの皆が、驚いて息を呑むのを美佳は感じた。

「はい」美佳は答えた。と、瞬間、皆が「えっ！」とばかり、一斉に美佳の方を振り向いた。

教室がしいんと静まり返った。

その後も島中は淡々《たんたん》と質問を続け、美佳も淡々と答えた。

終わったのだ。

これでこの件は解決したのだと彼女は思った。

彼女が長い間抱えていた心のもやもやが、自分の本意《ほんい》に沿うものではなかったが、これで解決したのだと思った。

苦《にが》い体験だった。

自分が善《よ》しとして行動することが、必ずしも正しいこととして通用しないこともわかった。事の善し悪しで物事は解決しないのだ。

それよりも、お互いに納得できる、既成《きせい》の手順を踏みながら進むことの方が肝心なのだ。我を張らず、時によっては、自分を押さえつけることも必要だということだ。

だがしかし、形はどうあれ、先生は自分を許したのだ。もう島中先生のことは考えずにすむのだ、そう思うと、不思議に心がさばさばと軽くなっていくのを感じた。

母親は事情も知らずに、ともかくここは謝っておいでと送り出した。その時は、こちらにだって言い分があると、恨めしく、不承不承《ふしょうぶしょう》従ったのだが、こうして終わってみれば、この方が後腐《あとくさ》れもなく、その後のああだこうだといったごたごたも起こらず、良い結果を生んでくれていたのである。

なるほどこうした解決法もあるのだと教えられた。

これでいい。もうこの件は考えずに済むのだ。

あとは、一か月後に迫った高校受験に力を集中すればいい。

だが……、と思う。あの時どうして自分は泣き出してしまったのか。

彼女は物心ついて以来これまで人前で泣くことはほとんどなかった。それが、なのである。

あの時はただ、島中先生に謝らなければならないのが悔しかったのだ。人はどう受け取っていたかはわからないが、彼女は決して反省して泣いたのではなかった。

彼女はこれまで心のどこかで、いつか黒川君の悔しさを何かの形で晴らしてあげたいと考えていた。

それがあの時、島中先生に負けた、屈しざるを得ないという、まるで返り討ちを浴びたような気持ちになってしまったのだ、それがどうにも悔しかったのだ。

だが、それもこうして過ぎてみれば、全て水に流したような晴れやかな気持ちになっている。何はともあれ、これでよかったのだ。これで解決したのだと思った。

「ごめんね、黒川君。あなたの仕返しはしてあげられなかったね。でも……まだこれで終わりというんじゃないからね……」

昼を過ぎた頃、街にこの冬何度目かの雪が降りだした。

雪を孕《はら》んで駆け抜ける風が、一刷毛《ひとはけ》、一刷毛というように路面に雪を吹き付けながら、速度を増し、どこまでも遠く白く覆《おお》っていった。

彼女は自分の部屋の窓から、勉強の手を休めてそれを眺めている。

後二か月もすれば、彼女の中学校での生活は終わりを迎える……。

**【著者紹介】**

森島　令（もりしま　れい）

1947年 函館生まれ

著書『風の寝屋』（郁朋社）

# 月《つき》の光滑《ひかりなめ》らかに降《お》りて


2023年12月8日　第1刷発行

著　者 ― 森島《もりしま》　令《れい》

発行者 ― 佐藤　聡

発行所 ― 株式会社　郁朋社《いくほうしゃ》



〒101-0061　東京都千代田区神田三崎町2-20-4

電　話　03（3234）8923（代表）

ＦＡＸ　03（3234）3948



振　替　00160-5-100328

印刷・製本 ― 日本ハイコム株式会社





郁朋社ホームページアドレス　http://www.ikuhousha.com

この本に関するご意見・ご感想をメールでお寄せいただく際は、

comment@ikuhousha.com　までお願い致します。





ISBN978-4-87302-807-1 C0093